15년 차 모션 그래픽 제작자와 함께
떠나는 AI 영상 창작 여행

생성형 AI
영상제작

영화 · 애니메이션 · 광고
PPT · 유튜브까지

초판 인쇄 2024년 7월 27일
초판 발행 2024년 7월 27일

출판등록 번호 제 2015-000001 호
ISBN 979-11-94000-02-0 (03800)

주소 강원도 횡성군 횡성읍 송전로 209 (고즈넉한 길)
도서문의(신한서적) 031) 942 9851 팩스 : 031) 942 9852
도서내용문의 010 8287 9388
펴낸 곳 책바세
펴낸이 이용태

지은이 김세원
기획 책바세
진행 책임 책바세
편집 디자인 책바세
표지 디자인 책바세

인쇄 및 제본 (주)신우인쇄 / 031) 923 7333

15년차 모션 그래픽 제작자와 함께
떠나는 AI 영상 창작 여행

생성형 AI
영상제작

영화 · 애니메이션 · 광고
PPT · 유튜브까지

▶ [쏙감독의 원터치 특강] 유튜브 운영

김세원 지음

| 챗GPT |
| 미드저니 |
| 런웨이 |
| 아트브리더 |
| 피카 |
| 그래비티 라이트 |
| 캡컷 |
| 수노 |
| 포토샵 |
| 애프터 이펙트 |
| 소라 |

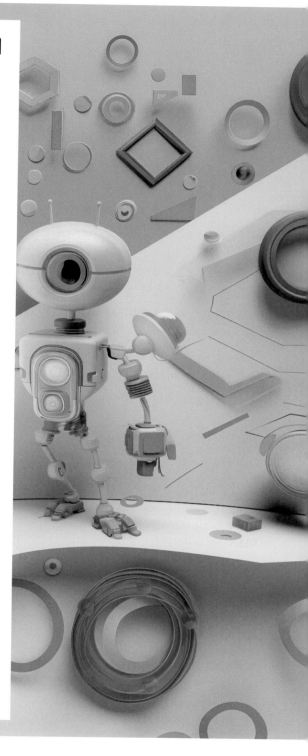

디지털 혁명의 물결 속에서, 영상은 우리 일상의 필수 불가결한 요소로 자리 잡았다. 그러나 지금, 우리는 단순한 영상 소비의 시대를 넘어 '영상 창조와 상상의 시대'라는 새로운 패러다임의 문턱에 서 있다. 이 혁신적인 변화의 중심에는 'AI 생성형 기술'이 있다. AI 생성형 기술은 인공지능이 우리의 창의성과 상상력에 날개를 달아주는 혁명적인 도구이다.

AI 생성형 기술은 이제 누구나 쉽게 접근할 수 있는 창작의 도구이며, 여러분의 상상력을 현실로 구현할 수 있는 강력한 조력자이다. 필자는 독자 여러분이 AI 생성형 기술을 통해 자신만의 독특한 시각 언어를 개발하고, 창의적인 영상 작품을 탄생시키는 여정에 함께하고자 한다.

이 책은 저자의 풍부한 경험과 통찰을 바탕으로, AI 기술을 활용하여 어떻게 독창적이고 매력적인 영상을 만들어낼 수 있는지, AI 생성형의 무한한 가능성을 탐구하며, 독자 여러분께 창의적인 영상 콘텐츠 제작을 위한 필수적인 안내서가 될 것이다.

이 책을 통해 AI 생성형의 핵심 개념을 이해하고, 이를 실제 프로젝트에 적용하는 방법을 배우게 될 것이며, 더 나아가, 여러분의 창의력을 한층 더 높이고, 전에 없던 새로운 영상 작품을 탄생시킬 수 있는 역량을 갖추게 될 것이다.

이제 필자와 함께 AI 생성형의 경이로운 세계로 모험을 떠나보자. 여러분의 상상력이 현실이 되는 놀라운 여정이 지금 시작된다. 이 책은 영상 제작에 첫 발을 내딛는 초보자부터 새로운 도전을 꿈꾸는 전문가까지, 모든 이들을 위한 나침반이 될 것이다.

김세원 저자

이 책은

이 책은 AI 생성형 기술을 활용한 창의적 영상 제작의 세계를 소개하고, 단순한 기술 설명서를 넘어, AI 시대의 창의적 영상 제작자로 성장하기 위한 종합적인 가이드를 제공하며, 독자들이 AI 기술을 자신의 창의성을 증폭시키는 도구로 활용할 수 있도록 안내하고 있다.

PART 01 이 파트는 AI 생성형 기술을 활용한 모션 그래픽의 세계로 독자를 안내하는 첫 걸음으로, 모션 그래픽과 AI 생성 이미지의 기본 개념부터, 이 두 영역이 어떻게 융합되어 새로운 창작의 지평을 열고 있는지 탐구한다.

PART 02 이 파트에서는 AI 이미지 생성 도구들의 특징과 활용법을 익히고, 현재 가장 주목받고 있는 AI 이미지 생성 도구들과 이를 효과적으로 활용하기 위한 프롬프트 작성 기법을 소개한다. 이를 통해 독자들은 AI 기술을 활용한 창의적 이미지 생성의 실제적인 방법을 익힐 수 있다.

PART 03 이 파트에서는 AI 생성 이미지 기술을 다양한 비즈니스 상황에 적용하는 실전 능력을 갖추기 위한, 다양한 생성 이미지로 비즈니스 활용이 장에서는 AI 생성 이미지 기술을 실제 비즈니스 상황에 적용하는 방법을 상세히 다룬다. 이론적 지식을 실제 프로젝트에 적용하는 과정을 단계별로 안내하여, 독자들이 AI 기술을 활용한 창의적이고 효과적인 시각 콘텐츠 제작 능력을 키울 수 있도록 돕는다.

PART 04 이 파트서는 AI 기술을 활용하여 다양한 형태의 동적 콘텐츠를 제작하는 능력 향상을 위한, AI 생성 이미지 기술을 영상 디자인과 결합하여 다양한 동적 콘텐츠를 제작하는 방법을 탐구한다. 정적인 이미지를 넘어 동영상, 애니메이션, 그리고 단편 영화까지 AI 기술을 활용하여 제작하는 과정을 상세히 다룬다.

PART 05 이 파트에서는 AI 기술과 전통적인 모션 그래픽 도구를 효과적으로 결합하는 능력 향상을 위한, AI 생성 이미지와 애프터 이펙트(AE)를 결합하여 고급 모션 그래픽과 시각 효과를 만드는 방법을 상세히 다룬다. 또한, AI의 창의성과 AE의 정교한 편집 기능을 결합하여 전문적인 수준의 영상을 제작하는 과정을 학습한다.

본 도서의 내용을 보다 효율적으로 학습하기 위해서 [책바세.com] 웹사이트에 접속하여 해당 도서의 학습자료 파일을 다운로드받아 활용하길 권장한다.

학습자료 받기

학습자료를 활용하기 위해 ❶[책바세.com] 웹사이트에 접속하여 ❷[도서목록] 메뉴에서 [해당 도서]를 찾은 다음 표지 이미지 하단의 ❸[학습자료받기] 버튼을 클릭한 후 열리는 구글 드라이브에서 ❹[다운로드] ➡ ❺[무시하고 다운로드]받아 학습에 사용하면 된다.

학습자료 폴더 살펴보기

압축을 푼 학습자료 폴더에는 [생성형 AI 영상 제작]에서 학습할 수 있는 동영상 파일과 작업 프로젝트 파일들이 포함되어 있어 학습을 보다 쉽게 따라 할 수 있다.

학습자료 폴더

Part02-1 Part03-1 Part03-2 Part03-4 Part03-5 Part04-1 Part04-2 Part04-3

Part04-4 Part05-1 Part05-2 Part05-3 Part05-4 Part05-5 Part05-6 무료 글꼴

Part02-1

[Part 01~05] 본 도서에서 사용되는 다양한 학습자료 파일들을 파트별로 정리해 놓은 폴더이다.

무료 글꼴

[무료 글꼴] 본 도서의 학습 예제에서 사용되는 무료 글꼴이 포함된 폴더이다.

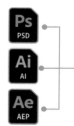

[프로젝트 파일] 본 도서의 학습 예제에서 사용된 포토샵, 일러스트레이터, 애프터 이펙트 프로젝트 파일들이 포함되어 있다.

목차

목차

05 ▶ AI(인공지능) + AE(애프터 이펙트)   192

05-1 레이어 분리 및 모션 적용   193

05-2 후반 보정 작업   208

05-3 다양한 영상 표현법

목차

01

모션 그래픽
기초

영상 디자인을 제작하기 전에 많은 것
을 고려해야 하는 여러 가지 방법들이
있다. 영상이 재생되는 동안 우리는 시
청자로 하여금 어떤 감성을 느끼게 할
것이고, 어떤 메시지를 전달할 것인지
를 사전에 계획해서 제작해야 한다. 그
것을 우리는 모션 그래픽이라고 부른
다. 본 파트에서는 초보자를 위한 모션
그래픽에 대한 개념에 대해 알아 볼 것
이다.

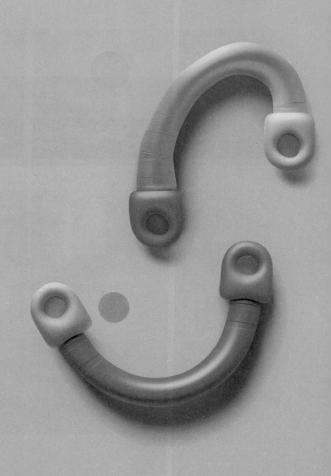

01-1 모션 그래픽의 이해

모션 그래픽은 그래픽 디자인의 원리를 적용하여 움직임과 시각적 효과를 통해 스토리를 전달하는 애니메이션의 한 형태이다. 이는 텍스트, 이미지, 비디오 클립, 3D 애니메이션 등과 같은 다양한 시각적 요소들을 사용하여 만들어지며, 또한 모션 그래픽은 감정 전달에 매우 효과적인 수단이다. 동적인 시각 요소, 색상, 리듬, 사운드 디자인 및 타이밍과 같은 다양한 구성 요소를 통해 특정한 분위기를 조성하고, 감정적인 반응을 유도할 수 있다.

색상과 조명 (Color and Lighting)

색상은 감정의 세계와 깊이 연결되어 있으며, 그 파워는 강렬하다. 따뜻한 색조는 열정과 활력을 불어 넣는 반면, 차가운 색조는 평온과 전문성을 더해준다. 마찬가지로 조명의 세기와 색상 역시 분위기 조성에 결정적인 요소로 작용한다.

사운드 효과 (Sound Effects)

사운드 트랙은 감정의 깊이를 크게 좌우하는 강력한 수단이다. 기쁨, 슬픔, 긴장감 등 다양한 감정의 스펙트럼을 음악을 통해 세련되게 표현함으로써, 관객의 깊은 감정 이입을 유도한다.

속도와 리듬 (Speed and Rhythm)

화면 상의 이미지와 요소들의 등장 및 소멸 속도는 관객의 감정 조절에 핵심적인 역할을 한다. 빠른 템포는 긴장감을 고조시키는 반면, 느린 템포는 평온과 안정감을 전달하는 데 탁월하다.

타이포그래피(Typography)

텍스트의 크기, 스타일, 그리고 동적 변화는 감정 전달의 중요한 매개체이다. 예컨대, 진동하거나 급변하는 텍스트는 긴장의 느낌을 자아내는 반면, 부드럽고 완만하게 흐르는 텍스트는 평화롭고 명상적인 분위기를 조성할 수 있다.

타이포그래피의 예시

모티프(Motif)

특정 이미지나 모티프는 감정의 깊은 상징성을 내포하며, 이를 통해 관객의 내면에 강렬한 울림을 전달할 수 있다. 예를 들어, 하트 모양은 애정과 사랑의 깊은 의미를 전달하는 반면, 눈물은 슬픔과 그리움의 복잡한 감정을 효과적으로 표현한다.

모티프의 예시

캐릭터와 스토리텔링(Characters and Storytelling)

캐릭터 중심의 스토리텔링은 관객이 서사에 깊이 몰입하고, 등장인물들과 강렬한 감정적 유대를 형성하게 하는 데 중요한 역할을 한다. 이러한 방식은 이야기의 심층적인 이해를 가능하게 하며, 관객이 캐릭터의 경험과 감정에 직접적으로 공감할 수 있는 통로를 제공한다.

캐릭터와 스토리텔링의 예시

AI 생성 이미지란?

AI 생성 이미지는 인공지능, 특히 딥러닝 기법을 활용하여 제작되는 이미지를 말한다. 이들 이미지는 실존하지 않는 장면을 형상화하거나, 기존 이미지를 변형하여 새로운 이미지를 창출해낸다. 사용자는 "평화로운 숲속의 오두막"과 같은 구체적인 설명을 AI에 제공함으로써, 원하는 스타일이나 테마의 이미지를 생성하도록 지시할 수 있다. 이러한 기술은 예술, 디자인, 엔터테인먼트, 교육 등 광범위한 분야에 걸쳐 활용되고 있으며, 기술의 진보와 함께 끊임없이 진화하고 있다. 다음의 두 그림은 챗GPT와 미드저니에서 "평화로운 숲속의 오두막"이란 프롬프트를 통해 생성된 그림들이다.

AI와 모션 그래픽의 상호작용

AI 생성 이미지와 모션 그래픽의 결합은 디지털 디자인과 시각적 스토리텔링의 경계를 확장하며, 이로 인해 창의적 가능성이 대폭 넓어지고, 더욱 매력적이고 독창적인 비주얼 콘텐츠의 제작을 가능하게 한다. 다음은 이 두 기술이 상호작용하여 강력한 시너지를 발휘하는 몇 가지 방법이다.

키 비주얼 자동화

AI는 대량의 이미지를 신속하게 생성할 수 있으며, 이는 모션 그래픽 프로젝트의 다양한 요소로 활용될 수 있다. 예를 들어, AI가 생성한 배경 이미지나 텍스처를 활용하여 모션 그래픽의 생산성과 창의력을 극대화할 수 있다.

배경과 텍스처를 활용한 그림 예시

스타일의 일관성 유지

AI를 통해 특정 스타일의 이미지를 일관되게 생성함으로써, 모션 그래픽 작업의 시각적 통일성을 강화할 수 있다. AI의 스타일 전이 기능은 모션 그래픽 내의 여러 요소에 일관된 스타일이나 테마를 적용하는 데 유용하다.

창의적 디자인 옵션의 확장

AI는 기존의 디자인 방법으로는 탐색하지 못했을 법한 새롭고 독특한 이미지를 생성할 수 있다. 이러한 이미지들을 모션 그래픽의 시각적 요소로 적용함으로써, 프로젝트에 새로운 차원의 신선함을 더할 수 있다.

창의적인 이미지 생성 예시

인터랙티브 모션 그래픽의 구현

AI는 사용자의 행동과 상호작용에 반응하여 실시간으로 이미지를 생성하거나 변형할 수 있으며, 이는 인터랙티브 설치물, 게임, 웹사이트 등에서 사용자 경험을 풍부하게 하는 데 기여한다.

인터랙티브 모션 그래픽의 예시

개인화 및 맞춤형 콘텐츠의 제공

AI는 사용자 데이터를 기반으로 맞춤형 이미지를 생성할 수 있으며, 이를 모션 그래픽과 결합하여 대상 관객에게 더욱 개인화된 경험을 제공할 수 있다.

시간 절약과 효율성 증가

AI에 의한 이미지 제작 자동화는 디자이너가 모션 그래픽의 다른 측면에 더 많은 시간을 할애할 수 있게 하며, 복잡한 시각적 내러티브를 더욱 빠르고 효율적으로 구현할 수 있게 한다.

AI 생성 이미지를 모션 그래픽에 통합함으로써, 각 요소를 개별적으로 조작하거나 분리하여 더욱 다이내믹하고 효과적인 시각적 스토리텔링을 구현할 수 있다는 점은 특히 주목할 만하다. 예를 들어, 생성된 이미지에 포함된 꽃잎을 별도로 움직이게 하는 등의 디테일한 작업이 필요할 때, AI와 모션 그래픽 기술의 융합은 디자이너에게 더욱 세밀하고 개성 있는 제어력을 부여한다. 이러한 접근은 시각적 커뮤니케이션의 영역을 넓히며, 디자이너가 더욱 창의적이고 맞춤화된 콘텐츠를 창조해낼 수 있게 해준다. 이런 점들을 참고하면서 이미지를 생성하여 각 요소들을 해체하거나 분리하여 효과적인 모션 그래픽으로 제작할 수 있는 방법들을 하나씩 소개하고자 한다.

02

이미지 생성
AI 도구

AI 이미지 생성 툴은 사용자가 간단한 설명이나 키워드를 입력함으로써, 전문가 수준의 이미지를 쉽고 빠르게 생성할 수 있게 해주는 혁신적인 기술이다. 이제 더 이상 그림을 그리는 것이 전문가들의 전유물이 아닌, 아이부터 어른까지 누구나 자신의 창의적인 아이디어를 시각적 형태로 표현할 수 있는 시대가 되었다. 사용자는 특정 주제나 스타일에 대한 간단한 지시를 통해, AI가 제공하는 창의적인 프레임워크 내에서 원하는 이미지를 생성할 수 있다.

02-1 이미지 생성을 위한 AI 도구들

이미지 생성을 위한 AI 툴은 무수히 많지만, 여기에서는 아트브리더(Artbreeder)로 사람이나 사물을 생성하고, 미드저니(MidJourney)로 이미지를 발전시키며, 런웨이(Runway)나 피카(PIKA)로 영상을 제작해서 캡컷(CapCut)으로 영상을 편집하는 방법을 알려주고자 한다. 참고로 이 도구들은 대부분, 웹사이트(서버)를 통해 이미지를 생성하는 방식을 채택고 있다.

아트브리더(Artbreeder): 단순함과 높은 효율성을 가진 툴 (무료/유료)

아트브리더(Art Breeder)는 사용자가 다양한 이미지를 쉽고 빠르게 생성하고 수정할 수 있는 강력하면서도 사용자 친화적인 플랫폼이다. 이 도구의 주요 장점은 단순함과 높은 효율성에 있으며, 사용자는 무료 또는 유료 계정을 통해 접근할 수 있다. 아트 브리더에서는 얼굴, 바디 스타일, 사물의 형태, 지형 등 다양한 카테고리의 이미지를 생성할 수 있으며, 이러한 이미지는 다른 형태와 혼합하여 완전히 새로운 이미지를 창조하는 기반으로 사용된다.

1 회원가입 아트브리더 웹사이트(www.artbreeder.com)로 가서 **❶**[Create] 탭을 선택한다. 이 탭에서는 다양한 작업을 선택할 수 있다. 이후 우측 **❷**[Log In] 또는 [Sign Up]을 통해 회원가입(구글 계정으로 가능)을 한다.

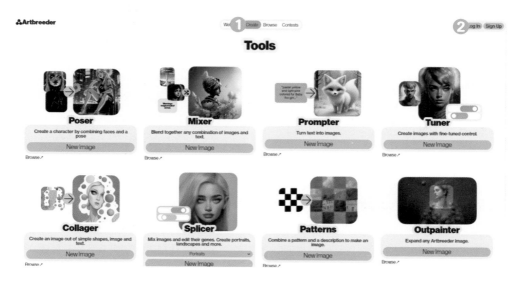

☑ 본 화면과 기능(메뉴)는 웹사이트의 업데이트에 따라 달라질 수 있다. 여기에서는 기본 화면인 영문 화면으로 살펴보기로 한다.

2 **유료 결제하기** 우측 상단 ❶[메뉴]에서 ❷ [Pricing]을 선택한다.

3 일단 무료 버전인 [Free]를 사용하고, 이후 상황에 맞는 유료를 사용한다.

4 **이미지 생성** 다시 ❶[Create] 탭으로 이동한 후, 지형을 만들기 위해 Splicer의 Portraits 메뉴 ❷[v]에서 ❸[지형(Landscapes)]을 선택한다.

5 이제 새로운 이미지를 생성하기 위해 스플리서 하단의 [New Image] 버튼을 클릭한다.

6 우측 ❶[설정 옵션(custom genes, color, brightness / saturation)]들을 조절하여 원하는 지형을 만들어 본다. 설정 후 ❷[Generate] 버튼을 누르거나 ❸[4개의 그림 중 원하는 그림]을 클릭하면 설정된 옵션 값에 의해 새로운 지형으로 바뀌게 된다. 참고로 본 도서에서 보이는 이미지는 독자들의 이미지와 다를 수 있다. 생성되는 모든 이미지는 렌덤(무작위)하게 생성되기 때문이다.

7 이미지 혼합 상단 ❶Add Parent [+] 버튼을 눌러 혼합할 ❷[새 이미지]를 클릭하여 추가할 수 있다. 추가된 이미지와 혼합하기 위해 ❸[Generate] 버튼을 클릭한다.

8 마음에 드는 혼합 이미지가 나타나면, [해당 이미지]를 클릭한다.

9 하단에 생성된 이미지에 마우스를 갖다 놓으면 나타나는 메뉴 중 상단의 [Splicer]를 선택한다.

10 **추가 혼합 테마 선택** 혼합 노드 창이 열리면, 우측 ❶[Use in another tool] 버튼을 선택한다. 그리고 메뉴에서 ❷[Mixer]를 선택한다. 다음 창에서 ❸[Try it now] 버튼을 선택한다.

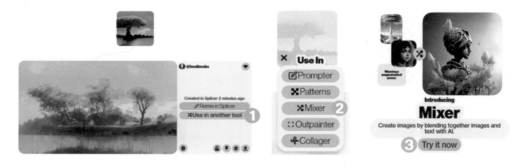

11 계속해서 이미지 추가 [+] 버튼을 선택한다.

12 [Prompt Library] 버튼을 클릭한다.

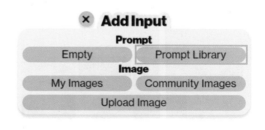

13 라이브러리 창이 열리면, 원하는 테마를 선택한다. 필자는 ❶[art styles]를 선택하였다. 그다음 선택된 테마 중 원하는 스타일을 선택한다. 필자는 ❷[cyberpunk]를 선택하였다.

14 **최종 설정** 설정 창이 열리면 ❶[크기, 생성 개수] 등을 설정한 후 ❷[Generate] 버튼을 누른다. 결과는 설정된 값에 맞게 ❸[3개]의 이미지가 생성되었다.

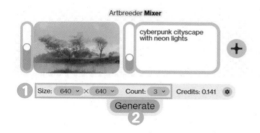

15 생성된 이미지 위에 마우스(포인터)를 갖다 놓으면 해당 이미지를 확대, 저장, 다운로드, 삭제 등을 할 수 있는 메뉴가 나타난다.

미드저니(Midjourney): 빠르고 창의적인 아트 생성

미드저니는 디스코드(Discode) 서버를 이용하여 구현하는 클라우드 프로그램이다. 미드저니는 프롬프트 조합만으로 자신이 원하는 결과로 만들 수 있는 강력한 툴이며, 챗GPT를 훈련시키면서 사용하면 더욱 강력한 프롬프트를 얻을 수 있다. 구글에서 ❶❷[미드저니]로 검색한 후 들어가 보면, 다음과 같은 미드저니 화면이 뜨고, ❸[Sign in] 버튼을 눌러 회원가입을 하면 된다. 현재 미드저니는 유료 구독형만 가능하기 때문에 원하는 플랜을 구독하고 이용해야 한다.

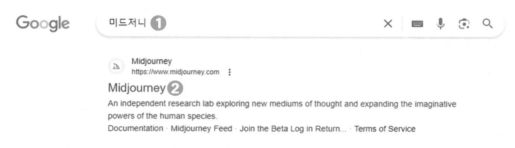

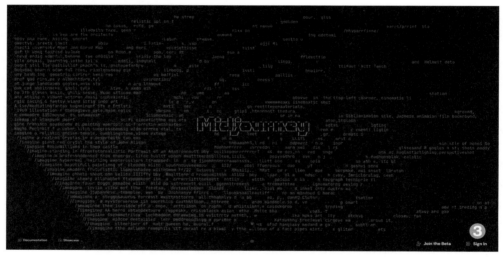

| 미드저니 시작 화면 |

미드저니 회원가입하기

미드저니 회원가입, 구독 그리고 모든 사용법이 담긴 [인공지능 그림수업] 전자 도서를 활용하면 된다. 해당 전자 도서를 받기 위해 본 도서 042페이지를 참고한다.

미드저니 서버 만들기

미드저니 가입 후 디스코드 실행한다. 미드저니를 사용하기 위해서는 디스코드(Discord) 플랫폼에서 미드저니 봇이 초대된 서버에 접속해야 한다. 미드저니 서버를 사용하는 이유는 다양한 사용자와 실시간 협업, 아이어 시각화, 창의성 자극 그리고 시간과 비용을 절감할 수 있다.

1 미드저니 가입 후 [+] 서버 추가하기 클릭한다.

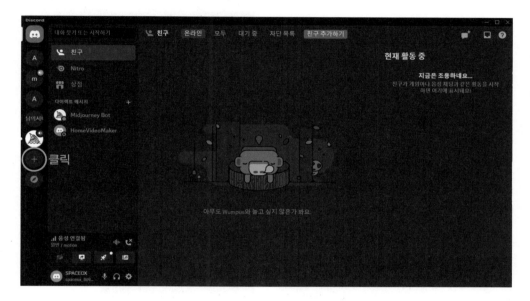

2 [직접 만들기]를 클릭하고, 나와 내 친구 서버 만들기 선택한다.

서버 만들기

서버는 나와 친구들이 함께 어울리는 공간입니다. 내 서버를 만들고 대화를 시작해보세요.

직접 만들기 클릭 >

템플릿으로 시작

게임 >

학교 클럽 >

스터디 그룹 >

이미 초대장을 받으셨나요?

3 자신이 사용할 ❶[서버 이름]을 입력한 후 ❷ [만들기] 버튼 클릭한다.

5 프로필 설정 창이 열리면, [앱 추가] 버튼을 누른다.

4 ❶[미드저니 채널]을 선택하고, ❷[뉴비 서 버]를 클릭한다. 그다음 ❸[미드저니 봇 아이콘 에서 우측 마우스 버튼]을 눌러 ❹[프로필]을 선 택한다.

6 ❶[서버]에 추가할 곳을 지정해 주고, ❷[계 속하기] 버튼을 누른다.

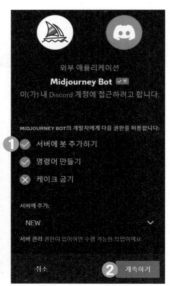

7 ❶[모든 옵션]을 체크하고, ❷[승인] 버튼을 누른다.

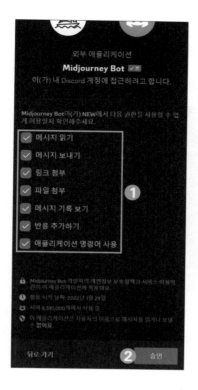

8 미드저니 앱을 자신의 서버에 추가하였다. 이것으로 그림을 생성할 수 있는 환경이 갖추어졌다.

미드저니에서 이미지 생성하기

미드저니 화면 하단의 프롬프트 입력 창(챗봇)에 [/]를 입력하면, 여러 가지 명령어가 나온다. 여기에서는 이미지를 생성시킬 수 있는 두 가지만 살펴보자.

미드저니에서 이미지를 생성을 하기 위해서는 Text로 직업 입력하는 방법과 Image를 선택하는 두 가지 방법이 있다. 첫 번째, /imagine prompt 텍스트 명령어를 사용하기 위해 프롬프트 입력 창에 ❶[/]을 입력하여 명령어 메뉴가 나타나면 ❷[/imagine prompt]를 선택한다.

그다음 /imagine prompt 텍스트 뒤에 생성하고자 하는 것을 문장(영문)을 입력한다. 가령, 예시처럼 여성 얼굴을 생성하고 싶으면 ❶[female face]를 입력한 후 ❷[Enter] 키를 누른다. 그러면 다음과 같이 그림이 생성된다. 참고로 동일한 문장을 입력하더라도 생성된 그림은 필자와 다를 수 있다. 미드저니의 모든 그림은 랜덤하게 생성되기 때문이다.

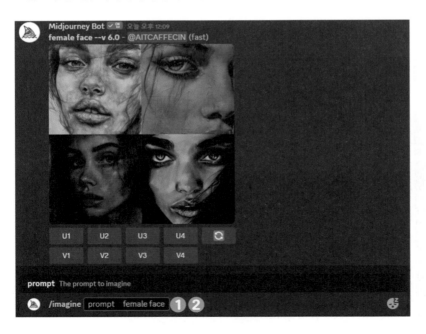

두 번째는 이미지 2개를 섞어서 생성하는 방법이 있다. 프롬프트 입력 창에서 ❶[/]를 입력한 후, ❷ [blend] 명령어를 선택한다. 그러면 다음과 같이 블렌드 창이 활성화가 된다. 참고로 미드저니 명령어 는 직접 입력해서 사용할 수도 있다.

여기에서 혼합하고자 하는 두 가지의 이미지를 업로드 시켜보자. image1과 image2를 클릭하여 PC에 있 는 이미지를 가져오거나, 직접 끌어다 적용할 수 있다.

두 이미지가 적용되면 [Enter] 키를 누른다. 그러면 다음과 같은 훌륭한 합성 이미지가 생성된 것을 알 수 있다.

이미지 생성 창 살펴보기

생성된 이미지는 기본적으로 4가지이며, 4가지의 그림들은 아래쪽 버튼들에 의해 재구성될 수 있다.
버튼들에 대한 설명은 다음과 같다

1 Upscale: U1 U2 U3 U4 버튼을 누르면 이미지를 업스케일링(고품질)해 주고, 쉽게 다운로드하거나 Zoom out, Pan 기능을 사용할 수 있다.

2 Variation: V1 V2 V3 V4 버튼을 누르면 선택한 이미지의 전체 스타일 및 구성과 유사한 새로운 이미지로 다시 생성된다.

3 Refresh 새로운 이미지로 다시 생성한다.

미드저니 주요 프롬프트 살펴보기

미드저니에서 제공되는 프롬프트(명령어)는 매우 다양하며, 버전에 업데이트될 때마다 추가되는 경우도 있다. 현재 미드저니 6 버전 기준, 주요 프롬프트는 다음과 같다.

——ar 이미지 비율을 설정하며, 프롬프트 뒤에 다음과 같이 입력한다. (ex: --ar 16:9)

——chaos 이미지의 다양성을 표현하며, 프롬프트 뒤에 다음과 같이 입력한다. (ex: --chaos 50) 수치 입력은 0~100 까지 가능하다.

——weird 이미지의 기이함을 표현하며, 프롬프트 뒤에 다음과 같이 입력한다. (ex: --weird 500) 수치가 높을수록 이미지가 기이한 형태로 생성된다.

--niji 애니메이션(카툰) 스타일의 이미지로 표현하며, 프롬프트 뒤에 다음과 같이 입력한다. (ex: female face --niji 5.2)

명령어를 활용하여 이미지 생성하기

앞서 살펴본 주요 프롬프트 명령어를 활용하여 이미지를 생성해 보도록 하자. 이번 예시에서는 도시에 있는 여자를 생성하기 위해 프롬프트에 [/imagine prompt female face, on a street]를 입력하였고, 비율은 16대9 [--ar 16:9], 애니메이션 스타일 [--niji]로 하고, 이미지들 느낌 편차를 강하게 주기 위해 [--c 50]으로 하여 이미지를 생성해 보았다. 편차를 강하게 적용하여, 실사 이미지까지 생성된 것을 확인할 수 있다. 수치가 낮을수록 생성되는 4개 이미지가 비슷해 진다.

이렇게 미드저니에서 이미지를 생성했다면, 이제 영상으로 만들어 보자. 영상으로 만들어 주는 AI 툴은 대표적으로 런웨이(Runway)와 피카(Pika)가 있는데, 여기에서는 먼저 Runway부터 살펴보고, Pika는 중반에 소개할 예정이다.

▶ 이 책과 함께 하는 미드저니 활용법이 담긴 부록

본 도서에서는 미드저니를 포함한 AI 이미지 생성을 위한 AI 툴을 소개한 "알아두면 평생 써먹는 인공지능(AI) 그림 수업" 도서(PDF)를 무료로 제공한다. 이 도서는 생성형 AI를 활용해 다양한 이미지 및 애니메이션을 만들어내는 데 필요한 지식이 담긴 전자책(PDF) 형태의 도서이며, 현재 교보, 예스24, 알라딘 등에서 실물(종이책)로 판매되고 있는 것으로, 본 도서의 독자들을 위해 특별 제공하고 있다.

패키지 전자책 비밀번호 요청하기

본 도서에 포함된 전자책(PDF)은 [책바세.com] – [템플릿·학습자료]에서 다운로드(대여 책은 불가)할 수 있으며, 전자책 비밀번호는 스마트폰 카메라를 이용해 QR 코드를 스캔한 후 "책바세 톡톡" 카카오톡 채널로 접속해 다음과 같이 요청하면 된다.

← 이름과 직업을 **지워지지 않는** 펜으로 쓴 후 촬영하여 QR 코드 스캔을 통해 접속한 카카오 톡에, 촬영한 **이미지**와 함께 요청한다. (해당 도서명 알려주기)

런웨이(Runway): 모든 것을 움직여 주는 모션 생성 툴 (무료/유료)

런웨이는 크리에이티브 코딩과 머신 러닝을 결합한 플랫폼으로, 다양한 예술과 디자인 프로젝트를 만들고 실행할 수 있는 도구 및 환경을 제공한다. 런웨이를 사용하면 기술적인 배경지식이 없어도 머신 러닝 모델을 쉽게 활용하여 창의적인 작업을 수행할 수 있다. 이 플랫폼은 예술가, 디자이너, 개발자 및 다른 창조적인 분야에서 활용되고 있으며, 특히 움직임을 작동하기 어려운 초보자들에게 유용하게 사용된다. 런웨이에 대해 살펴보기 위해 구글에서 검색하여 들어가거나 다음의 주소를 입력하여 웹사이트로 들어간다. https://app.runwayml.com

런웨이 특징 첫 번째는 머신 러닝 모델을 시각화하고 인터랙티브한 웹 앱, 아트워크, 디자인, 음악 등을 생성할 수 있으며, 이를 통해 창조적인 프로젝트를 쉽게 구현할 수 있다. 두 번째는 코딩이 필요하지 않은 시각적 프로그래밍 환경을 제공하여 비전공자도 쉽게 사용할 수 있다. 그러나 개발자들은 자신의 코드와 연동하여 더 복잡한 작업을 수행할 수도 있다. 세 번째는 사용자 커뮤니티를 지원하며, 다른 사용자가 만든 모델 및 프로젝트를 공유하고 재사용할 수 있다. 런웨이 웹사이트에 들어갔다면, <u>구글이나 애플 계정으로 쉽게 회원가입</u>이 가능하다.

런웨이는 기능에 대한 차이는 있지만, 무료와 유료를 사용할 수 있는 플랫폼이다. 먼저 무료 버전으로 체험해 보기 위해 첫 화면에 나타나는 업그레이드 창을 닫는다.

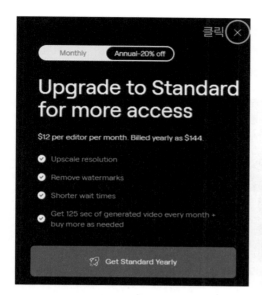

유료로 업데이트하기

무료에서 유로로 전환하기 위해서는 화면 좌측 하단의 [Upgrade to Standard] 버튼을 누른 후 원하는 요금제를 선택 및 결제하면 된다.

Runway의 Gen-1, Gen-2, Gen-3 Alpha 세 가지 버전으로 나뉜다. 각각에 대한 설명은 다음과 같다.

Gen-1 (Runway ML) 초기버전으로써 머신 러닝 모델을 쉽게 활용할 수 있는 환경을 제공한다. 시각적 프로그래밍과 코드 편집을 통해 머신 러닝 프로젝트를 구현할 수 있다.

Gen-2 (Runway ML) Gen-1의 기능을 확장하고 개선한 버전으로, 사용자 경험을 개선하고 더 다양한 머신 러닝 모델과 기능을 제공한다. Gen-2에서는 머신 러닝 모델의 파라미터를 더 쉽게 조정하고 커스터마이징 할 수 있으며, 플랫폼 자체가 더 확장 가능하고 강력해졌다. Runway의 Gen-2 버전은 Gen-1에 비해 더 많은 창조적인 가능성을 제공하며, 사용자가 머신 러닝을 효과적으로 활용하여 다양한 프로젝트를 구현할 수 있도록 돕는다는 점에서 주목할 만하다. 참고로 ML은 "머신 러닝(Machine Learning)"의 약어이다.

Gen-3 Alpha (Runway ML) Gen-3은 더욱 발전된 AI 모델로, 더 높은 해상도와 정교한 비디오 생성 기능을 제공한다. Gen-2에 비해 더 자연스러운 움직임과 섬세한 비디오 출력을 생성할 수 있도록 개선되었고, 여러 소스의 데이터(텍스트, 이미지, 비디오)를 혼합하여 더욱 복잡한 비디오 콘텐츠를 생성할 수 있다.

런웨이 주요 기능 살펴보기

런웨이 웹사이트에 처음 들어가면 여러 가지 기능을 보며 복잡하게 느껴질 수 있지만, 사용하다 보면 그렇지 않다는 것을 알 수 있다. 여기에서는 먼저 화면 좌측에 있는 주요 메뉴에 대해 살펴보기로 한다.

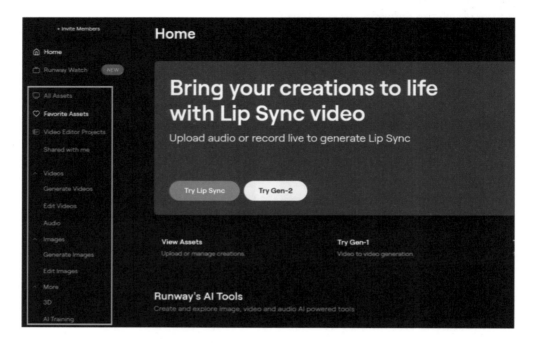

Assets 자신이 생성한 영상 및 이미지 또는 업로드 시켜 놓은 자료들이 모여 있다.

Video Editor Project 전문가용 도구 없이 영상편집을 이용할 수 있다.

Shared with me 자신과 함께 공유한 상대방 게시물을 보여준다.

Generate videos 비디오를 생성한다.

Edit videos 영상을 다양하게 편집할 수 있는 메뉴를 제공한다.

Generate audio 오디오를 생성한다.

Generate Images 이미지를 생성한다.

Edit Images 이미지를 다양하게 편집할 수 있는 메뉴를 제공한다.

3D 사물을 3차원으로 만들어 준다.

AI Training 생성 비디오 사용법을 알려준다.

런웨이에서 이미지 생성하기

런웨이에서 움직임에 대한 프롬프트는 다음과 같이 복잡한 문장을 쓰지 않고, 표현하고자 하는 키워드만 간단히 입력하여 자연스럽게 움직임이 구현된다.

일반적인 움직임 프롬프트	역동적인 움직임 프롬프트
classic cinematic masterpiece	cinematic action flying running

런웨이의 Gen-2 모델은 비용과 기능성 측면에서 최적의 균형을 제공한다. Gen-3 모델의 고급 기능이 필요하지 않을 경우, Gen-2는 대부분의 비디오 생성 및 편집 작업에 충분한 성능을 제공하며, 비용 부담도 적기 때문에 Gen-2 모델이 더 적합할 수 있다. 런웨이에서 영상으로 만들어 보기 위해 메인화면에서 [Text/Image to Video]를 선택해 보자.

런웨이 및 AI 툴들의 업그레이드 버전에 대하여

런웨이를 포함, AI 툴들은 몇 개월 주기로 빠르게 업그레이드되고 있다. 그러므로 현재 도서에서 보여지는 툴들의 화면이 업그레이드되어 달라질 수 있기 때문에 학습 시 이와 같은 점을 염두하면서 학습하기 바란다. 만약, Gen-3를 사용하고 싶다면 좌측 메뉴에서 선택할 수 있다.

Text/Image to Video 작업 화면이 열리면 Input image의 [Upload a file] 버튼을 누르거나 작업할 이미지를 직접 끌어다 놓는다.

📑 [학습자료] 폴더의 [런웨이 테스트 예제] 파일 활용

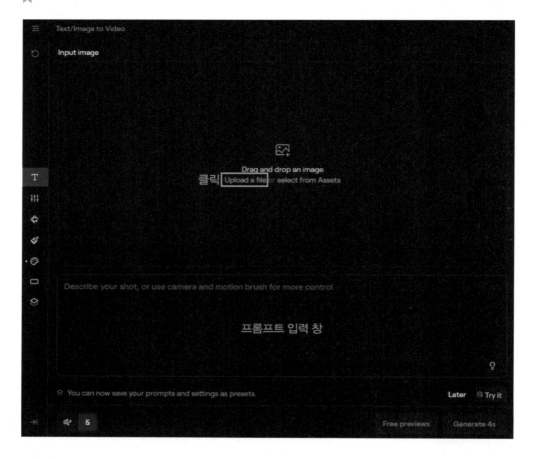

앞서 가져온 이미지가 적용되면 그림처럼 화면에 나타난다. 이제 아래쪽 프롬프트에 원하는 결과물을 위한 키워드를 입력한다. 이번 예시에서는 시네매틱 느낌의 영상을 만들어 주기 위해 ❶[cinematic lighting]을 입력한 후 ❷[Generate] 버튼을 누른다. 그러면 우측 화면에서 동영상으로 변환되는 과정이 나타나고 최종 결과물이 나타난다.

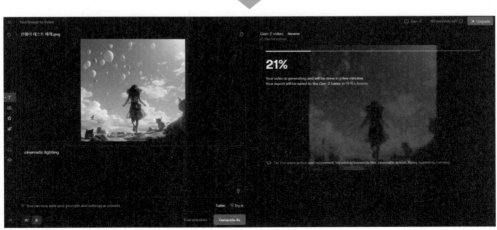

생성된 동영상을 확인해 보기 위해 우측 화면에서 [재생] 버튼을 클릭한다. 그러면 이미지에 있는 여자와 풍선들이 움직이는 것을 알 수 있다. 이렇듯 런웨이를 사용하면 정지 이미지에 있는 피사체들에 움직임을 쉽게 표현할 수 있다. 결과물의 완성도(정확도)는 이미지 속의 피사체의 복잡성에 따라 달라진다. 단순한 구조로 된 이미지일 경우 가장 좋은 결과물을 얻을 수 있다.

효과가 적용된 동영상 생성하기 (카메라 줌인 효과)

이번에는 앞서 가져온 이미지에 효과를 적용한 후 동영상을 생성해 보기로 한다. 이번 예시는 카메라 줌인 효과를 적용해 보자. 먼저 ❶[Camera Settings] 툴을 선택한다. 카메라 모션 설정 창이 열리면 Zoom 값을 조금 높여준다. ❷[+] 버튼이나 가운데 있는 조절기를 우측으로 이동하여 값을 높일 수 있다. 설정이 끝나면 ❸[Generate] 버튼을 클릭하여 줌 효과가 적용된 동영상을 만들어 준다.

Generate 버튼의 4s 표시는?

제너레이트 버튼 옆에 표시된 4s는 현재, 무료 버전 및 Gen-1을 사용하기 때문에 동영상의 최대 생성 길이는 4초이기 때문이다. 만약 Gen-2를 사용하거나 유료 버전을 사용한다면, 최대 16초까지의 동영상을 생성할 수 있다.

이것으로 카메라가 안으로 들어가는 효과와 꽃잎이 날리는 멋진 동영상이 만들어졌다. 이렇듯 런웨이는 간편하게 이미지와 프롬프트로 동영상을 제작할 수 있다. 응용할 수 있는 많은 방법들을 찾아 보면, 다양한 분야의 소상공인, 대기업 등에서 간단하게 PPT이미지, 홍보 영상, 광고 영상 등을 전문가 도움 없이 간편하게 제작할 수 있다.

02-2 프롬프트와 챗GPT의 활용

프롬프트란 사용자가 원하는 이미지를 생성하기 위해 제공하는 상세한 설명이다. 예를 들어, 특정한 장면, 객체, 색상, 스타일 등에 대한 자세한 지시 사항을 포함할 수 있으며, 사용자가 원하는 이미지에 대해 챗GPT로 내용을 상세하게 발전시킨다면, 사용자가 원하는 이미지를 생성할 수 있다.

프롬프트의 정의

프롬프트는 AI에게 정보 제공, 명령 등을 전달하는 입력 텍스트이다. 이것은 이미지를 생성하는데, 완벽한 영문(미드저니 기준)으로 된 문장을 입력하지 않아도 된다. 예를 들어, "건물 앞에 있는 멋진 분수대를 그려줘"를 영문으로 번역하여 [Draw a nice fountain in front of the building]를 입력하면, 드로잉한 것처럼 그림을 생성한다. 따라서, 프롬프트는 단어 위주 [fountain in front of the building], [fountain, Building]로 입력하는 것이 오히려 정확도가 높다

이것은 긴 문장은 AI가 의도하는 것이 무엇인지 잘 모르기 때문에 AI 스스로 최대한의 상상력을 발휘하여 나타나는 현상이므로, 완벽한 문장으로 정보를 입력하는 것이 오히려 원하는 이미지가 나오지 않을 가능성을 높이는 것이기 때문에 단어 위주의 프롬프트 작성이 중요하다. 이렇듯 프롬프트를 어떻게 구성 하느냐에 따라 결과가 크게 바뀌는 것이 생성형 AI의 특징 중에 하나이다. 그러므로 프롬프트를 제대로 작성하는 것이 중요하다. 더 좋은 프롬프트를 위한 방향은 다음과 같다.

Prompt

a women, photography, korea fashion style, hanbok, blue and red, cinematic lighting

피사체	종류	분위기	스타일	컬러	조명
1	**2**	**3**	**4**	**5**	**6**

이 순서와 방법을 기억하면서 프롬프트를 작성한다면 결과물의 정확도가 향상되기 때문에 자신이 만들려고 하는 목적이 정확하다면, 위와 같이 순서를 지켜주는 것이 좋고, AI에게 전적으로 맡기고 싶다면 문장을 입력하는 것이 도움이 될 것이다. 만약, 최초 아이디어가 생각나지 않을 때는 처음부터 챗GPT로 최대한 도움을 받을 수 있다.

챗GPT의 활용: 미드저니 프롬프트 작성하기

챗GPT는 오픈AI가 개발한 인공지능 언어 모델로, 텍스트 데이터를 학습하여 인간처럼 자연스러운 언어를 생성할 수 있다. 챗GPT는 대화형 AI로서 사용자와 상호작용하며 다양한 질문에 답변하고, 정보를 제공하거나, 창의적인 글을 작성하는 등의 역할을 수행할 수 있어, 미드저니와 같은 이미지 생성

AI의 프롬프트를 요청할 수 있다. 보다 명확하게 내용을 구성하고 싶다면 챗GPT를 훈련해서 결과를 얻어 낼 수 있다. 챗GPT를 사용하기 위해서는 구글과 같은 검색엔진을 이용해 [챗GPT]로 검색한 후 [OpenAI] 웹사이트로 이동한다. 오픈AI 웹사이트가 열리면, 메인화면에서 [TRY 챗GPT]를 클릭하고, [Sign up(회원가입)] 버튼을 클릭하여 구글, 마이크로소프트, 애플 등의 계정을 통해 간편하게 회원가입을 할 수 있다.

회원가입 후 로그인을 했다면, 유료 서비스를 이용하기 위해 [설정] 또는 [구독] 메뉴를 선택한다. 그다음 개인 유료 서비스인 Plus의 [Upgrade to Plus] 버튼을 선택하여 개인 유료 버전을 사용할 수 있다.

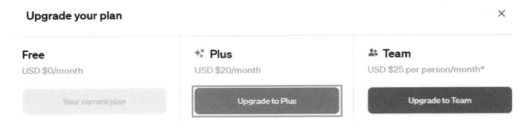

챗GPT 3.5(무료)와 4 버전(유료)의 차이

챗GPT 3.5와 4는 몇 가지 주요 차이점이 있다. 가장 두드러진 차이는 성능과 정교함이다. 챗GPT 4는 3.5 버전보다 더욱 발전된 언어 이해와 생성 능력을 갖추고 있어, 더욱 복잡하고 다양한 문맥에서의 대화가 가능하다. 대표적으로 향상된 문맥 이해력, 더욱 정교한 대화 관리, 다양한 지식과 정보 활용이다. 최근 출시된 챗GPT4o의 'o'는 하나의 통합된 옴니 모델(Omnimodel)의미하며, 음성 인식, Speech to text, 이미지 인식 기능 등이 통합되어, 자연스러운 인터렉션이 가능하다.

챗GPT를 사용할 준비가 되었다면 이제, 자신이 표현하려는 단어 몇 가지 생각해 보자. 그리고 그것을 인공지능과 함께 서로 학습해 나아 간다고 생각한다. 이번엔 예시로, 미래의 도시를 만들어 보자. 이것을 챗GPT 하단에 있는 프롬프트에 ❶[미드저니로 미래의 도시 이미지를 생성하려고 해, 몇 가지 프롬프트를 제시해 줘.]라고 대략적으로 입력한 후 ❷[보내기] 버튼을 클릭한다.

미드저니로 미래의 도시 이미지를 생성하려고 해, 몇 가지 프롬프트를 제시해 줘. ❶

그러면 다음과 같이 10개(상황에 따라 다름)의 미드저니에서 사용할 수 있는 영문 프롬프트를 제시해 주는 것을 알 수 있다.

> 미래의 도시 이미지를 생성하기 위한 미드저니 프롬프트 예시를 제시해드리겠습니다. 아래 프롬프트를 사용하여 다양한 미래 도시 이미지를 생성할 수 있습니다.
>
> 1. **초고층 빌딩과 공중 교통수단**
>   - "A futuristic cityscape with towering skyscrapers, flying cars, and elevated walkways, glowing neon lights, and advanced technology integrated into the architecture."
>
> 2. **친환경 미래 도시**
>   - "A sustainable future city with green rooftops, solar panels, vertical gardens, and wind turbines, with clean, flowing rivers and extensive public transportation systems."
>
> 3. **사이버펑크 도시**
>   - "A cyberpunk-themed future city at night, with rain-soaked streets, neon signs, holographic advertisements, and bustling crowds, surrounded by towering buildings and futuristic vehicles."
>
> 4. **수직형 도시**
>   - "A vertical city with interconnected towers, sky bridges, and multi-level parks, featuring advanced transportation systems and a blend of nature and technology."
>
> 5. **해양 미래 도시**

제시해 준 아이디어 중 마음에 드는 것을 구체적으로 물어 보자. 여기에서는 예시로, 두 번째 아이디어에 대한 구체적인 프롬프트를 요청해 보자. 필자는 [고마워, 여기에서 2번 친환경 미래 도시에 대한 프롬프트를 작성해 줘.]라고 프롬프트를 작성하여 요청하였다. 그러면 다음의 내용처럼 세부적인 미드저니 프롬프트를 제시해 준다.

고마워, 여기에서 2번 친환경 미래 도시에 대한 프롬프트를 작성해 줘.

물론이죠! 친환경 미래 도시에 대한 상세한 프롬프트를 작성해 드릴게요:

"A stunning, sustainable future city with green rooftops, solar panels, and vertical gardens integrated into sleek skyscrapers. The city features extensive public transportation systems, including electric buses and trams, and wide, tree-lined streets for pedestrians and cyclists. Clean, flowing rivers and lakes with clear water wind through the city, surrounded by parks and recreational areas. Buildings are designed with eco-friendly materials and smart technology to maximize energy efficiency. The skyline is dotted with wind turbines and solar farms, while smart grids manage energy distribution. The atmosphere is clean and vibrant, with nature and technology in perfect harmony."

한글 답변일 경우 번역하기

미드저니 프롬프트를 한글로 작성됐을 경우, 구글 번역기와 같은 도구를 이용하여 영문으로 번역해도 되지만, 챗GPT는 보다 완벽(자연스러운)한 번역이 가능하기 때문에 [영문으로 번역해 줘.]라고 요청하면 즉시 번역되기 때문에 별도의 번역기를 사용하지 않아도 된다.

챗GPT에서 작성된 프롬프트 활용하기

원하는 프롬프트를 얻었다면 이제, 해당 문장을 복사[Ctrl+C]하여 미드저니 프롬프트에 붙여넣기(Ctrl+V)한 후 이미지를 생성해 보자.

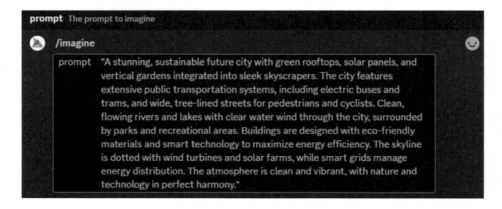

그러면 다음과 같은 이미지가 생성된다. 물론 여러분의 결과물은 아래 그림과 다를 것이다. 미드저니는 같은 프롬프트라도 항상 랜덤한 결과물을 생성하기 때문이다.

이번에는 챗GPT에서 만든 프롬프트를 수정해 보자. 예시로, 카메라 앵글을 항공 뷰로 수정을 하고, 가로 비율을 넓게 하기 위해 기본 프롬프트 뒤에 [bird eye view --ar 16:9]를 추가하였다.

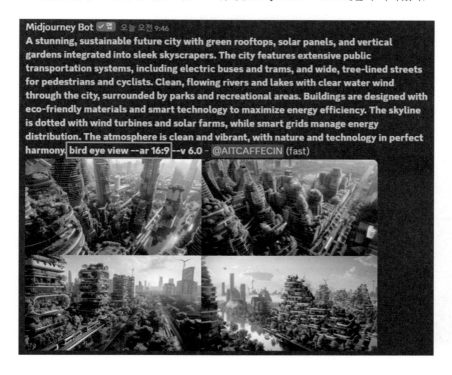

뷰 전환하기

이것으로 상상하고 있는 장면이 어느정도 구현이 된 것 같다. 하지만 지금의 장면을 건물 내부에서 바깥을 바라보는 풍경으로 바꾸고 싶다. 이럴 땐 이미지를 고정한 후, 프롬프트를 추가해야 원하는 이미지를 생성할 수 있다. 이제 그 방법에 대해 살펴보기 위해 사용할 이미지를 하나를 업스케일링(해상도를 높이는 과정)하여 다운로드를 받아 보자. 여기에서는 예시로, 두 번째 이미지를 [U2] 버튼을 클릭하여 업스케일링 한다.

업스케일링 된 ❶[이미지를 클릭]한 후 열리는 이미지에서 ❷[브라우저로 열기]를 클릭한다. 그러면 이미지에 마우스를 올려놓고 ❸[우측 마우스 버튼] – ❹[이미지를 다른 이름으로 저장] 버튼을 클릭하여 원하는 곳으로 저장해 놓는다. 이 방법은 업그레이드 버전에 따라 다를 수 있다.

브라우저로 열기 ②

새 탭에서 이미지 열기
이미지를 다른 이름으로 저장... ④
이미지 복사
이미지 주소 복사
이 이미지의 QR 코드 생성
Google로 이미지 검색

Google에서 이미지 설명 가져오기 >

③ 검사

이제 저장된 이미지 파일을 가져오기 위해 프롬프트 좌측에 있는 ①[+]
모양의 버튼을 클릭한 후 ②[파일 업로드] 메뉴를 선택한다.

파일 업로드 ②
투표 만들기
앱 사용

① + @Midjourney Bot에

가져온 이미지 위에서 ❶[우측 마우스 버튼]을 클릭한 후 ❷[이미지 주소 복사] 메뉴를 선택하여 현재 이미지가 있는 경로를 복사한다.

이제 ❶[/imageing] 프롬프트를 적용(입력해도 됨)한 후 앞서 복사한 이미지 경로를 ❷[붙여넣기 (Ctrl+V)]한다. 그다음 경로 뒤쪽에 "내부에서 바깥으로 바라본 전망"이란 뜻의 문장을 영문 ❸[View from inside to outside]로 입력한 후 이미지를 생성해 보자.

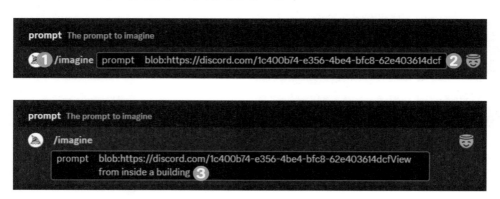

그러면 생각한 대로 구현된 것을 알 수 있다. 이렇듯 이미지를 고정시키는 방법으로 뷰 또는 새로운 요소를 추가할 수도 있다. 물론 형태는 조금 바뀌어도 스타일은 최대한 유지된다. 이처럼 챗GPT를 통해 구체적으로 아이디어를 발전시켜서 미드저니를 최종적으로 표현할 수 있다.

AI 이미지 비즈니스 확장

AI 기술의 발전은 비즈니스에 있어 창의적인 이미지 생성의 새로운 가능성을 열어주고 있다. 이번 파트에서는 AI를 활용하여 다양한 이미지를 생성하고, 이를 비즈니스에 활용하는 방법에 대해 다루며, 공간 이미지, 사람 이미지, 로고 디자인 등 다양한 분야에서 생성 이미지 훈련 방법을 배우고, 이를 실질적인 비즈니스 사례에 적용하는 과정을 단계별로 살펴볼 것이다.

03-1 이미지 생성을 위한 AI 도구들

AI 이미지 생성 기술을 마스터하는 것은 실전 경험과 반복 학습을 통해 이루어진다. 이번 학습에서는 배경, 인물, 로고 디자인 등 다양한 유형의 이미지를 생성하는 훈련 과정을 소개하며, 이러한 연습을 통해 여러분은 자신만의 노하우를 개발하고, AI 도구의 특성을 깊이 이해할 수 있을 것이다.

공간 이미지 생성을 위한 트레이닝

미드저니를 사용하면 완벽한 형태는 아니더라도 비슷하게, 또는 생각보다 더 훌륭하게 배경 이미지를 생성할 수 있다. 다만, 자신이 생성하고자 하는 이미지가 대략 어떤 주제이고, 어떤 계절, 어떤 시대인지 스스로 주체가 되어야 할 것이다. AI는 결국 제시해 주는 역할일 뿐 스스로 답을 찾아가야 효율적으로 활용할 수가 있다. 기본적으로 프롬프트는 앞 단어에 힘이 많이 실려 이미지가 생성된다. 예를 들어, 실사 기반은 [photography] 또는 [photography, on the street]으로 입력하고, 애니메이션 스타일은 [anime] 또는 [cartoon illustration] 입력하면 된다. 또한, 단어에 따라 결과물이 많이 달라지기 때문에 이러한 것을 유의하면서 하나씩 살펴보도록 하자.

다음 그림은 필자가 훗날 차고를 하나 갖고 싶어서 생성한 이미지이다. 분위기는 세련된 풍 보다는 바닥에 물이 고여 있고, 타이어가 쌓여 있는 장면을 생각하면서 프롬프트를 작성하였다.

prompt car garage, tires piled up, screws and bolts on the ground, standing water on the ground, blue lighting, cinematic lighting, dutch angle--ar 16:9 --c 30 --q .45zra stoller in color ---v 6.0 --style raw --s 50

다음은 영화 '나는 전설이다' 같은 느낌을 생각하면서 생성한 이미지이다. 사람의 발길이 끊긴 곳, 터널과 기찻길 그리고 카메라는 정면, 터널 모양으로 주변이 온통 덩굴과 풀잎으로 가득한 프롬프트를 작성하였다.

prompt old tunnel full of vines, front, center train rails, abandoned train, trees and grass on the ground, cloudy sky --ar 16:9

다음은 경복궁 앞에서 한복을 입은 사람들의 분주한 모습, 따사로운 아침, 상인들이 물건을 사고 파는 모습을 생각하며 작성한 프롬프로의 결과물이다.

prompt cartoon:: anime, people are busy wearing hanbok and moving around, in front of the main gate of gyeongbokgung palace, on a warm summer morning, wide angle, children are running around and playing, and merchants are shouting to sell various products --ar 16:9 --c 25

다음은 겨울에 선글라스를 쓴 여성이 도심 교차로에 서 있는 모습으로, 몸 전체가 표현되도록 작성한 프롬프트 결과물이다.

prompt city of photography, winter, intersection, woman wearing sunglasses in the middle, full body, extreme long shot, wide angle, snowy day --ar 16:9

다음은 흰색 포토 스튜디오로 리얼하게 표현되고, 화질은 4k 정도로 이미지들을 선명하게 표현되도록 작성한 프롬프트의 결과물이다.

prompt the whtie photo studio, realistic, 4k, octane render, front view --ar 16:9

마지막으로 미래의 도시 느낌 중 일본의 미래 도시, 그리고 사실적이며, 고해상도의 이미지, 핑크와 블루 네온사인이 있고, 달리는 스포츠카를 표현, 안개와 비 오는 환경과 앞쪽 이미지가 포커스가 적용될 수 있도록 DOF(depth of field)를 마지막 프롬프트에 입력한 결과물이다. 생성된 이미지를 보면 글자가 입력된 것을 알 수 있는데, 이런 부분은 추후 수정하거나 제거할 수 있다.

prompt japanese cyberpunk city, realistic, 4k, octane render, pink and blue neon sign,angular future is speeding sports car, rainy day with dark sky, landscape wet with rain, floor in the foggy, wide angle, DOF --ar 16:9 --c 35

혼합된 이미지 생성하기

이번 예시는, 앞서 생성한 기찻길 이미지와 미래 이미지를 미드저니에서 혼합한 결과물을 만들어 볼 것이다. 여기에서는 사용되는 이미지들의 구도가 비슷한 것이 자연스러운 결과물을 얻을 수 있다.

1 미드저니 프롬프트에서 ❶[/]를 입력한 후 ❷[/blend]를 선택한다.

2 두 개의 이미지 삽입하기 창에서 그림처럼 앞서 생성한 두 이미지를 적용한다. 끌어서 적용하거나 이미지 부분을 클릭하여 가져올 수 있다. 그다음 [엔터] 키를 누른다.

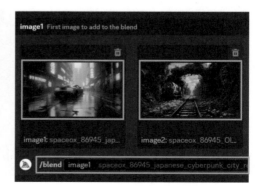

3 그 결과 다음과 같은 창의적인 혼합 이미지가 생성되었다. 이처럼 주제를 어느 정도 먼저 생각해 놓고 생성해 보면, 훨씬 더 마음에 드는 결과물이 나타난다는 것을 체험해 볼 수 있을 것이다.

사람 이미지 생성을 위한 트레이닝

사람 얼굴을 갑자기 어떻게 생성하지? 헤어는 어떻게? 의상은? 물론 방법은 다양하며, 미드저니가 아닌 스테이블 디퓨전(Stable diffusion)으로 디테일하게 제작하는 방법도 있을 것이다. 그러나 여기에서는 다소 까다로운 AI 툴이 아닌 아트브리더를 사용하여 기본 얼굴 이미지를 생성하고, 성별과 나이에 맞는 헤어스타일 등을 러프하게 표현할 것이다. 또한, 미드저니에서 만든 배경은 아트브리더를 통해 캐릭터와 합성하는 방법에 대해 살펴볼 것이다. 먼저 기본적인 얼굴을 만들어 보자.

1 **기본적인 얼굴 생성하기** 먼저 아트브리더 (www.artbreeder.com/create)로 접속한 후 Splicer(접속기)의 ❶[Portraits] 모드 상태에서 ❷[New Image]를 선택하여 사람 얼굴을 생성해 보자.

2 세부 설정 화면으로 바뀌면, 상단에 있는 [Add parents]를 클릭한다. 참고로 생성된 얼굴은 그림과 다를 수 있다.

3 다양한 얼굴 스타일이 나타나면 마음에 드는 스타일을 하나 [선택]한다.

4 이번엔 혼합할 얼굴을 지정하기 위해 ❶ [Add parents]를 클릭한 후, 혼합할 스타일을 ❷ [선택]한다.

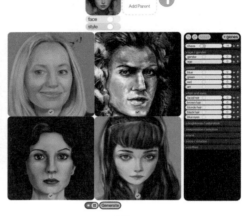

5 혼합할 얼굴을 하나 더 지정하기 위해 ❶ [Add parents]를 클릭한 후, 혼합할 스타일을 ❷ [선택]한다.

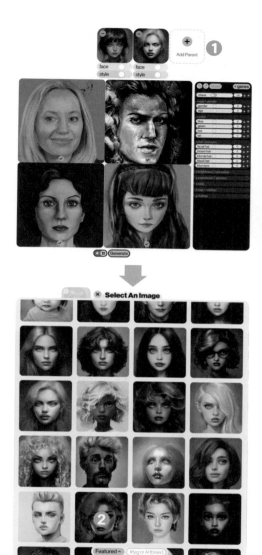

7 이제 지금의 얼굴들의 혼합된 결과를 만들어 주기 위해 [Generate]를 클릭한다. 만약, 결과가 마음에 들지 않을 경우 Generate 버튼 다시 클릭하면 새로운 얼굴로 생성된다.

8 **다운로드하기** 생성된 이미지의 최종 결과물을 별도의 파일로 만들기 위해 해당 이미지에서 ①[더보기] 버튼을 클릭하고 ②[Download hi-res 1024x1024px png]를 클릭하면, 해당 이미지를 다운받을 수 있다.

6 각 얼굴 스타일의 [혼합률]을 설정한다.

9 미드저니 활용 앞서 생성한 이미지를 미드
저니에서 최종 결과물을 만들기 위해 디스코드
로 들어간 후, 프롬프트에서 **①**[+] – **②**[파일 업
로드] 메뉴를 선택하여 앞서 다운로드한 파일(아
트브리더 사람 1차 예제)을 가져온다.

10 방금 가져온 이미지에서 **①**[우측 마우스 버
튼]을 클릭한 후, **②**[이미지 주소 복사] 메뉴를
선택한다.

11 복사된 주소를 프롬프트에 **①**[붙여넣기
(Ctrl+V)]한 후, **②**[엔터] 키를 누른다.

12 링크 주소가 포함된 이미지 창이 나타나면,
①[링크 주소를 복사]한 후, **②**[/imagine] 프롬
프트를 적용한다. 그다음 복사한 링크 주소를 **③**
[붙여넣기(Ctrl+V)]한다. 그리고 뒤쪽에 **④**
[female face]라는 간단한 키워드를 입력한 후
⑤[엔터] 키를 눌러 이미지를 생성한다. 그러면
그림처럼 링크된 이미지 스타일을 참고한 새로
운 얼굴 이미지가 생성된다. 링크 주소와 생성된
이미지는 예시와 다를 수 있다.

13 미드저니에서 생성된 이미지를 보면, 헤어 스타일과 눈동자, 그리고 이목구비가 원본과 비슷하지만, 더욱 섬세해진 것을 알 수 있다. 여기에서는 예시로, 두 번째 이미지를 업스케일링 해 본다.

14 업스케일링 된 이미지를 [Zoom Out x2] 버튼을 클릭하여 두 배 더 큰(상대적으로 인물의 크기는 작아짐) 이미지로 만들어 준다.

15 증명사진처럼 인물이 조금 뒤로 빠져, 여백이 생긴 것을 알 수 있다. 이제 이 이미지를 저장해 준다. 저장법은 056~057페이지를 참고한다.

16 **포토샵에서 이미지 생성하기** 미드저니에서의 작업이 끝났다면 이제 포토샵을 실행한 후 ❶ [이미지를 불러(Ctrl+O 키나 직접 끌어서 적용)]와 보자. 그다음 ❷[자르기] 툴을 선택한 후 영역을 지정할 수 있는 가이드라인이 나타나면, ❸[드래그]하여 캔버스 크기를 키워준다.

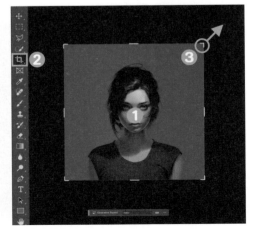

17 ❶[자동 선택 도구]를 선택한 후, 확장된 ❷ [빈(투명) 영역을 클릭]하여 모두 선택한다.

18 ❶[제네레이트 필(Generative Fill)]을 클릭한 후, 명령 프롬프트에 아무 것도 입력하지 않은 상태로 ❷[제네레이트(Generate)]를 클릭해 보자. 참고로 제너레이티브 필은 상단 [Window] – [Contextual Task Bar]를 선택하여 띄울 수 있다.

19 그러면 상반신만 있던 모습이 팔을 포함한 하반신이 자동으로 생성된다. 생성된 모습은 다음 학습에서 사용하기 위해 저장(Ctrl+S)한다.

아트브리더에서 얼굴 형태를 가이드로 잡고, 미드저니로 얼굴 생김새를 발전시켰고, 포토샵에서 몸 전체를 만들어 보았다. 또 한가지 응용할 수 있는 것은 미드저니에서 캐릭터를 배경 이미지에 합성시키는 방법이다. 물론 이 과정에서 얼굴 생김새가 바뀌는 단점이 있지만, 특정 느낌을 확인하는 용도로는 유용할 듯하여 살펴보기로 한다.

20 **미드저니를 활용한 합성** 이제 미드저니 프롬프트에서 ❶[/]를 입력한 후, ❷[Blend] 명령어를 선택해 보자.

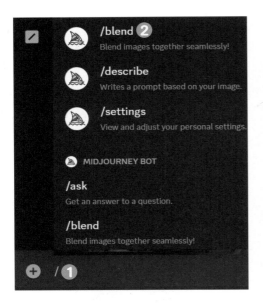

21 그림과 같이 ❶[image 1]과 ❷[image 2]에 이미지를 적용한 후 ❸[엔터]를 누른다.

22 그러면 다음의 그림처럼 자연스럽게 합성된 것을 알 수 있다. 이제 본격적으로 가상의 브랜드를 구축해 보고 로고와, 광고 모델, 포스터, 제품 패키지 등을 만들어보고자 한다. 이 학습을 통해 실무에 조금이라도 적용될 수 있는 리소스를 얻길 기대한다.

로고 디자인 이미지 생성하기

기업에서 필요한 로고를 제작하거나, 소상공인들이 쉽게 로고 디자인을 할 수 있는 시대가 열렸다. 기존에는 아웃소싱을 통해 진행해 왔었다면, 이제는 인공지능을 이용해서 쉽게 제작할 수 있다. 물론 전문가들도 AI를 이용해서 제작하거나, 인사이트를 제공받을 수 있다. 여기에서는 저작권을 고려하여 챗GPT로 가상의 브랜드를 생성한 후, 속성에 맞는 로고 디자인을 제작하고 이후 광고 이미지 제작, 오프라인 포스터 제작하여 하나의 거대한 가상 브랜드를 만들고자 한다.

챗GPT를 활용한 브랜드 컨셉 잡기

먼저 챗GPT를 활용하여 브랜드 컨셉을 잡아 보자. 아무 정보도 없이 단순히 ❶[화장품 브랜드를 만들기 위한 이름을 세 가지] 제시하고, [핵심 타겟층 소개]를 요청했다. 챗GPT 답변 후, 계속해서 ❷[브랜드가 가져야할 정체성 두 가지]를 요청했다.

---

❶ You
학습 과제용으로 가상의 화장품 브랜드를 만들고 싶어. 브랜드 이름을 세 가지로 제시해줘

ChatGPT
물론이죠. 화장품 브랜드를 위한 이름을 고려할 때, 브랜드의 정체성과 타겟 고객층을 반영하는 것이 중요합니다. 다음은 세 가지 가상의 화장품 브랜드 이름 제안입니다:

1. **루미나티어 (Luminatier)**: 이 이름은 '빛'과 '고급스러움'을 연상시킵니다. 화장품이 피부에 자연스러운 광채를 부여하고, 고급스러운 경험을 제공한다는 느낌을 줍니다.
2. **에코글램 (EcoGlam)**: '에코'는 친환경적이고 지속 가능한 원료를 사용한다는 것을 나타내고, '글램'은 화려하고 매력적인 스타일을 의미합니다. 이 브랜드 이름은 환경을 생각하는 동시에 스타일을 중시하는 소비자에게 어필할 수 있습니다.
3. **퓨어블룸 (PureBloom)**: '퓨어'는 순수함과 자연스러움을, '블룸'은 꽃이 피는 것처럼 피부가 활짝 피어나는 아름다움을 상징합니다. 이 이름은 자연에서 영감을 받은 제품 라인이나, 피부 건강에 중점을 둔 브랜드에 적합할 것입니다.

각 이름은 브랜드의 핵심 가치와 타겟 시장을 반영하는 독특한 스타일을 가지고 있습니다.

❷ You
피드백 고마워. 타깃층은 10-30대를 위한 젊은 층을 가져가려고 해. 브랜드 정체성은 두 가지만 제시해줘.

ChatGPT
10-30대 젊은 층을 타깃으로 하는 화장품 브랜드의 정체성을 고려할 때, 현대적이고 동시에 소비자의 다양한 필요와 선호를 반영하는 특징이 중요합니다. 다음은 두 가지 제안된 브랜드 정체성입니다:

- 중략 -

계속해서 [브랜드 정체성과 타겟층을 고려한 브랜드 네임]을 요청했다. 챗GPT는 다음과 같이 [에코휴], [블룸이노베이트], [그린글램] 세 가지 멋진 네이밍을 제시했다.

 You
피드백 고마워. 브랜드 정체성과 타깃층을 고려한 브랜드 네이밍을 다시 세 가지로 제시해줘

ChatGPT
젊은 층을 타겟으로 하며 '트렌디 & 혁신적'과 '사회적 책임 & 친환경'이라는 브랜드 정체성을 고려한 이름을 제안하겠습니다:

1. **에코휴 (EcoHue)**: '에코'는 친환경적이고 지속 가능한 접근을, '휴'는 색상과 톤을 나타냅니다. 이 브랜드 이름은 환경을 생각하는 동시에 다양한 색상과 트렌드를 반영하는 화장품을 지향합니다. 젊은 소비자들에게는 환경 의식과 스타일이 조화를 이룬 제품으로 어필할 수 있습니다.
2. **블룸이노베이트 (BloomInnovate)**: '블룸'은 자연과 꽃의 아름다움을, '이노베이트'는 혁신을 상징합니다. 이 이름은 자연에서 영감을 받은 아름다움과 혁신적인 제품 개발을 결합하고 있어, 젊고 현대적인 소비자들에게 어필할 수 있습니다.
3. **그린글램 (GreenGlam)**: '그린'은 친환경적이고 지속 가능한 가치를, '글램'은 패션과 뷰티의 화려함과 매력을 나타냅니다. 이 브랜드 이름은 젊은 소비자들 사이에서 인기 있는 친환경적인 라이프스타일과 스타일리시한 미적 감각을 모두 강조합니다.

— 중략 —

이번엔 앞서 제시한 이름 중 두 가지가 혼합된, 더 좋은 네이밍을 만들어 보자. 예시로, 2번과 3번을 합친, 블룸글램(BloomGlam)이라는 이름의 정의를 내려 달라고 요청했다. 챗GPT의 답변에서 해당 브랜드가 가진 의미는 다음과 같다.

 You
피드백 고마워. 이름은 2번 3번이랑 합친 블룸글램이라고 정하고 싶어. 정의를 다시 내려줘

 ChatGPT
"블룸글램 (BloomGlam)"이라는 브랜드 이름은 '블룸(Bloom)'과 '글램(Glam)'의 결합으로, 자연의 아름다움과 현대적인 화려함을 동시에 강조합니다. 이 이름에서 '블룸'은 꽃이 피어나는 것처럼 피부가 건강하고 생기 있게 변화하는 모습을 상징하며, 자연에서 영감을 받은 제품의 순수함과 효과를 나타냅니다. 한편, '글램'은 패션과 뷰티의 화려함과 매력을 의미하며, 젊은 소비자들에게 어필하는 트렌디하고 현대적인 스타일을 반영합니다.

블룸글램은 트렌디함과 친환경적인 가치를 조화롭게 결합하여, 10-30대 젊은 세대가 추구하는 아름다움과 지속 가능한 라이프스타일을 모두 충족시키는 화장품 브랜드로 자리매김하고자 합니다. 이

— 중략 —

다음 예시는, 로고와 관련된 인사이트에 대한 정보를 요청한 것에 대한 챗GPT가 제시한 답변과 다시 브랜드를 정의해 달라고 요청한 것에 대한 답변이다. 이제 이 답변을 기반으로 로고를 만들어 보자.

KS **You**
피드백 고마워. 미드저니로 블룸글램의 로고를 제작하고 싶어. 타이포그래피로 된 프롬트 한 가지랑 이미지로 된 프롬트 한 가지를 제시해줘

ChatGPT
"블룸글램 (BloomGlam)" 로고를 위한 타이포그래피와 이미지 기반의 폰트 아이디어를 제공하겠습니다. 로고 제작에 있어 중요한 것은 브랜드 정체성과 타깃 고객층을 반영하는 동시에, 눈에 띄고 기억에 남는 디자인을 구현하는 것입니다.

타이포그래피 폰트 아이디어:

- **모던 & 세련된 스타일:** '블룸글램'을 위한 타이포그래피는 깔끔하고 모던한 감각이 필요합니다. Sans-serif 계열의 폰트가 적합할 수 있으며, 글자들이 너무 밀집되지 않고 적당한 간격을 유지하는 것이 중요합니다. 예를 들어, 'Montserrat' 또는 'Futura' 같은 폰트는 현대적인 느낌을 줄 수 있습니다. 또한, '블룸' 부분은 자연스러운 곡선을, '글램' 부분은 더 강렬하고 대담한 스트로크를 사용해 대조를 이루는 것이 좋습니다.

이미지 기반 폰트 아이디어:

- **꽃과 광택을 조합한 디자인:** '블룸글램'의 이미지 기반 로고는 꽃을 모티프로 사용하되, 현대적인 감각을 잃지 않도록 디자인합니다. 예를 들어, 꽃잎이 화장품의 광택과 색감을 표현하는 방식으로 사

— 중략 —

KS **You**
피드백 고마워. 다시 처음으로 돌아가서 블룸글램이라는 브랜드를 정의해줘

ChatGPT
"블룸글램 (BloomGlam)"은 자연의 아름다움과 현대적인 스타일을 조화롭게 결합한 화장품 브랜드입니다. 이 브랜드의 이름은 두 가지 주요 요소, "블룸(Bloom)"과 "글램(Glam)"에서 유래했습니다. "블룸"은 자연의 생명력과 꽃이 피어나는 아름다움을 상징하며, "글램"은 현대적인 매력과 패션 감각을 나타냅니다.

블룸글램은 10-30대 젊은 층을 주 타깃으로 하며, 트렌디하고 혁신적인 제품을 통해 최신 뷰티 트렌드를 반영합니다. 동시에, 환경과 지속 가능성에 대한 의식을 갖고, 친환경적인 원료와 지속 가능한 제조 방법을 사용함으로써 사회적 책임을 다합니다. 이 브랜드는 현대적인 소비자들이 추구하는 건강한 라이프스타일과 스타일리시한 외모를 모두 충족시키는 제품을 목표로 합니다.

블룸글램의 제품 라인은 피부 건강과 아름다움을 동시에 증진시키는 것을 중점으로 하며, 사용자의 다양한 피부 타입과 취향을 고려한 맞춤형 솔루션을 제공합니다. 이 브랜드는 혁신적인 스킨케어 제

— 중략 —

마지막으로 [블룸 로고의 속성을 알려주고, 미드저니에서 이미지를 생성할 수 있는 프롬프트]를 요청했다. 아래 그림에서 검정색(CSS) 부분에 있는 것이 명령어이다. 이것을 다음과 같이 영문으로 번역하여 사용해 보자.

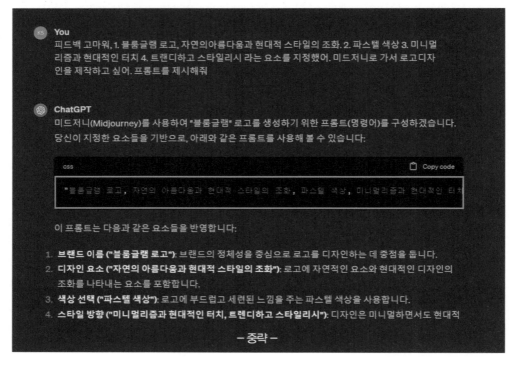

prompt bloom glam logo, a combination of natural beauty and modern style, pastel colors, minimalism and a modern touch, trendy and stylish, design reflecting luxury and sophistication

미드저니에서 로고 생성하고 포토샵에서 완성하기

챗GPT에서 생성한 미드저니 프롬프트를 복사한 후 미드저니의 [/] – [imagine]을 사용하여 이미지를 생성한다. 생성된 이미지 중 예시로, 네 번째 스타일을 사용하기 위해 ❶[V4] 버튼을 클릭하여 조금 변형된 스타일로 재생성한다. 재생성된 이미지 중 최종적으로 사용할 이미지를 업스케일링 한다. 예시로, 이번 브랜드 속성과 어느 정도 부합되는 두 번째 이미지를 사용하기 위해 ❷[U2] 버튼을 눌러 업스케일한 후 이미지를 저장해 놓는다. 이미지 저장 방법은 056~057페이지를 참고한다.

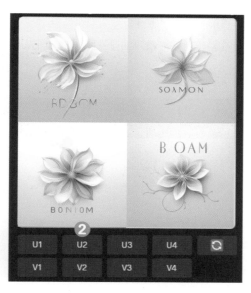

미드저니에서 생성한 이미지를 포토샵으로 가져온다. 그다음 그림처럼 꽃의 아래쪽 부분을 그림처럼 ❶[사각형 선택 도구]를 사용하여 ❷[영역을 선택]한 후, ❸[Delet] 키를 눌러 선택 영역을 삭제한다.

선택 영역이 그대로 유지된 상태에서 ❶[제네레이트필]을 클릭한 후, 명령 프롬프트에 아무 것도 입력하지 않은 상태로 ❷[제네레이트]를 클릭해 보자.

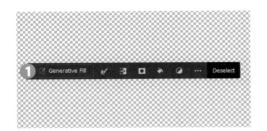

그러면 원래 있었던 그림이 삭제된 빈 곳에 그림처럼 자연스러운 그림이 생성된다. 이것으로 블룸글램을 상징하는 로고 심볼을 제작해 보았다.

이제 이미지 옆에 들어갈 글자를 입력해 보자. 사용될 글자 중 Bloom은 고급스러운 느낌의 곡선 타입, Glam은 깔끔하고 모던한 느낌의 글꼴을 사용하고자 한다. 이 두 가지 스타일을 조합하면, 브랜드 정의한 내용에 로고에 투영시킬 수 있기 때문이다. 해당 폰트는 무료 폰트이기 때문에 다음의 링크를 통해 구글 오픈 폰트 사이트에서 글꼴을 받아 사용해 보자. 참고로 해당 글꼴은 [학습자료] 폴더에서 사용할 수 있다.

https://fonts.google.com/?subset=korean&noto.script=Kore

글꼴 설정에 대한 챗GPT의 활용법

로고나 그밖에 디자인 요소로 사용되는 글꼴의 선택을 위해 챗GPT를 활용할 수 있다. 다음은 블룸그램에 사용될 글꼴에 대한 요청에 대한 챗GPT의 답변이다.

1. **세련된 서체 (Elegant Serifs)**: 세리프(serif) 폰트는 전통적인 아름다움과 우아함을 전달합니다. 블룸글램 로고에는 세련되고 모던한 세리프 폰트가 적합할 수 있습니다. 예를 들어, 'Playfair Display'나 'Bodoni' 같은 폰트는 고급스러운 느낌을 주면서도 시대를 초월한 스타일을 갖추고 있습니다.

2. **모던 산세리프 (Modern Sans-Serif)**: 더 현대적이고 미니멀한 느낌을 원한다면 산세리프(sans-serif) 폰트가 적합합니다. 'Helvetica', 'Arial', 'Gotham' 또는 'Futura'와 같은 폰트는 깔끔하고 모던한 이미지를 강조하는 데 효과적입니다. 이러한 폰트는 가독성이 높고 깨끗한 라인으로 구성되어 있어 현대적인 브랜드 이미지에 잘 어울립니다.

3. **손글씨 스타일 (Handwritten Style)**: 브랜드가 자연스러움과 개성을 강조하고 싶다면 손글씨 스타일의 폰트를 고려할 수 있습니다. 'Pacifico', 'Brush Script' 또는 'Lobster'와 같은 폰트는 친근하고 자연스러운 느낌을 줍니다. 이러한 스타일은 브랜드의 인간적이고 친근한 면모를 강조하는 데 도움이 될 수 있습니다.

블룸글램 로고를 위해 이러한 폰트 스타일 중 하나를 선택하거나, 두 가지 스타일을 조합하여 독특한 느낌을 창조할 수도 있습니다. 폰트 선택은 브랜드의 전체적인 분위기와 일관성을 고려하여 결정하는 것이 중요합니다.

글자를 입력하기 위해 ❶[문자 도구]를 사용하여 다음과 같이 ❷[Bloom Glam] 글자를 입력해 보자.

먼저 Bloom 글자를 ❶[선택(드래그하여 선택)]한 후 ❷[글꼴 목록]에서 해당 ❸[글꼴]을 선택한다. 무료 글꼴인 Bodoni_Moda를 사용해 보자.

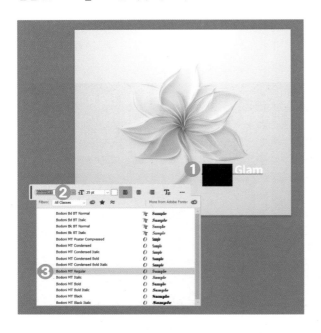

선택된 글자에 색을 지정하기 위해 ❶[전경색 설정]을 클릭하여 컬러 설정 창을 열어 주고, 로고의 ❷ [보라색 부분]을 클릭하여 색을 지정한 후 ❸[적용]한다. 일반적으로 글꼴은 하얀색 또는 검정색이지 만, 다양한 컬러를 사용할 때에는 로고에 적용한 컬러를 참고하는 것이 바람직하다.

다시 ❶[문자 도구]를 선택한 후 이번엔 ❷[Glam] 글자를 선택한다. 그다음 ❸[글꼴 목록]에서 원하는 ❹[글꼴]을 선택한다.

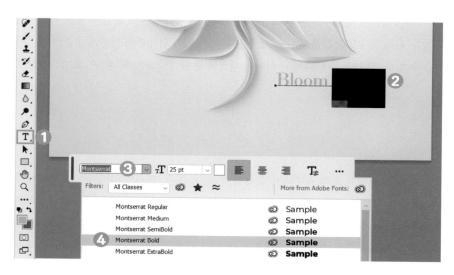

방금 선택한 글자도 앞선 방법으로 컬러를 변경한다. 여기에서는 예시로, 옅은 빨간색으로 지정해 보자. 아래 이미지는 최종적으로 완성된 가상의 화장품 브랜드 블룸글램(BloomGlam) 로고 디자인이다.

AI 기술을 활용한 광고 이미지 제작은 창의성과 효율성을 동시에 높일 수 있는 혁신적인 접근 방식이다. 특히 챗GPT와 같은 대화형 AI를 활용하면, 기획 단계부터 전문가 수준의 아이디어와 정보를 얻을 수 있다. 이 과정을 통해 광고 이미지 제작의 전 단계를 보다 체계적이고 효과적으로 수행할 수 있다.

제작 기획 및 광고 메시지 도출하기

광고 제작 시 고려해야 할 사항은 크게 세 가지로 분류할 수 있다. 첫째, 브랜드 이미지이다. 브랜드가 추구하는 가치와 타겟층의 설정이 매우 중요하다. 둘째, 메시지 전달이다. 명확한 방향성을 바탕으로 제품이나 서비스의 핵심 이점을 어떻게 효과적으로 전달할 것인지 분명히 해야 한다. 셋째, 감성과의 연결이다. 인플루언서(유명 유튜버, 연예인, 스포츠 스타 등)를 활용해 고급스러움을 강조할지, 따스함, 감동, 유머, 강렬함 등의 감성적 요소로 소비자의 관심을 끌지 결정해야 한다.

가상의 화장품 브랜드 블룸글램(BloomGlam)을 예로 들어보자. 블룸글램은 블룸(Bloom)의 자연의 아름다움과 글램(Glam)의 현대적인 화려함을 결합한 브랜드명이다. 블룸은 꽃이 피어나는 것처럼 피부가 건강하고 생기 있게 변화하는 모습을 상징하며, 글램은 패션과 뷰티의 화려함과 매력을 의미해 젊은 소비자들에게 어필하는 트렌디하고 현대적인 스타일을 지향한다. 타겟층은 10대에서 30대까지의 세련되고 트렌디한 분위기를 선호하는 젊은 소비자들이다. 브랜드 이미지 포지셔닝 맵을 통해 블룸글램의 위치를 확인해 보도록 하자.

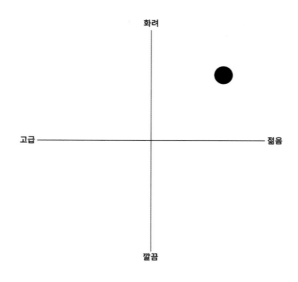

블룸글램은 화려함과 젊음을 동시에 추구하며, 이 두 요소의 중간 지점에 위치하고 있다. 이와 같이 브랜드의 위치를 명확히 설정하는 것은 중요하다. 이는 제품이나 서비스의 전략을 더 구체적이고 명확하게 수립할 수 있게 하며, 세부적인 마케팅 활동을 효과적으로 전개할 수 있게 한다.

컨셉 설정하기

챗GPT에게 블룸글램에 어울리는 꽃을 물어보면, 수국이 적합하다고 답하였다. 수국은 다채로운 색상과 큰 꽃송이를 지니고 있으며, 다양성과 화려함을 상징한다. 이는 블룸글램의 다채롭고 현대적인 스타일을 나타내기에 적합하다. 또한, 장미는 아름다움과 우아함의 상징으로, 다양한 색상과 향기로 많은 사람들에게 사랑받는다. 그 다양성은 블룸글램의 현대적이고 다채로운 특성을 잘 표현할 수 있다. 앞으로 수국의 화려한 컬러와 장미의 세련된 아름다움을 블룸글램을 상징하는 꽃으로 사용할 것이다. 이제 이 두 가지 요소를 어떻게 활용할지 간단한 이미지를 통해 살펴보자.

자연스러운 아름다움	현대적인 스타일
꽃 **개화** **핑크**	**천** **풍성한** **블루**

공존
화려함

또한, 각각의 성격을 직접적으로 표현하기보다는 은유적으로 접근하려고 한다. 패션 느낌의 천을 매개로 하여 꽃이 동시에 표현되면서 그 꽃이 개화되는 모습을 시각화하는 것이 좋다. 천의 색상은 블루, 꽃의 색상은 핑크로 지정해 시각적 설명을 명확하게 하고 두 가지의 조합이 두드러지게 표현하며, 최종적으로 이 이미지는 화려함을 강조하는 방향으로 표현할 것이다.

먼저, 상징적으로 고민한 부분은 꽃과 천을 어떻게 결합할지에 대한 것이다. 꽃을 천으로 은유적으로 표현하고 천이 흩날리는 장면을 상상하며 스케치해 보았다. 그림을 그리지 못하더라도 크게 상관없다. 중요한 것은 사용자가 몇 가지 방향성을 명확하게 가지고 있어야 한다는 점이다. 다음과 같이 시각적인 표현을 글로 설명해 보자.

첫 번째 아이디어는 긴 파란색 천이 구부러지며 날아가고, 분홍색 꽃잎이 천 주위를 감싸는 장면이다. 실제 분홍색 꽃잎이 천과 함께 공존하며 배경은 깨끗한 화이트톤으로 설정했다. 두 번째 아이디어는 파란색 천이 여성의 얼굴을 덮고, 천과 꽃잎이 공존하며 날리는 분홍색 꽃잎과 흰색 배경을 특징으로 한다. 이러한 아이디어를 바탕으로 미드저니에서 프롬프트를 입력해 보자.

최적화된 이미지 생성하기: 미드저니 활용

이미지의 용도를 먼저 고려하여, 신규 브랜드를 젊은 층에게 어필하고, 이미지를 널리 알릴 수 있고 누구나 쉽게 브랜드를 접할 수 있도록 모바일 환경을 활용해 보자. 이를 위해 9:16 비율로 설정하여 이미지를 생성해 보기로 한다. 첫 번째 아이디어는 긴 파란색 천이 휘날리며 분홍색 꽃이 개화되는 장면이다. 이를 구체적으로 시각화하기 위해 다음과 같은 프롬프트를 작성하였으며, 한글로 정리한 후 구글 번역을 이용해 영어로 변환해 입력할 것이다.

prompt a long blue fabric bends and flies, pink petals wrap around the fabric, the fabric and petals coexist, cinematic lighting, realistic, 4k, octane render, clean white background ——ar 9:16

상상했던 것이 잘 표현된 것 같다. 그러나 꽃이 잘 보이지 않아 이를 강조하기 위해 꽃을 더 많이 표현하고, 꽃과 공존하는 장면을 담은 프롬프트를 다시 입력해 보았다. 챗GPT를 이용해 작성한 새로운 프롬프트는 다음과 같다.

서서히 꽃이 드러나기 시작했다. 그러나 천의 이미지가 너무 강해, 실제 꽃을 넣어 표현하기 위해 프롬 프트를 변경해 보았다. 챗GPT를 이용해 작성한 새로운 프롬프트는 다음과 같다.

예쁘긴 하지만 꽃이 너무 직접적으로 표현되어 진부해 보인다. 그래서 다시 원점으로 돌아가기 위해 두 번째 이미지를 예시로, 연속해서 [V2] 버튼을 눌러 생성해 보았다.

Style A   Style B   Style C

이미지를 생성할수록 비슷하지만, 모양은 다르게 나오는 것을 확인할 수 있다. 생성된 이미지는 모두 멋지게 표현해 주기 때문에 선택이 어려울 수 있다. 그러므로 어떤 것을 선택해야 할지 고민될 때는 처음으로 돌아가 브랜드 이미지의 포지션과 생성할 이미지의 상징성을 명확히 하는 것이 중요하다. 그래야 선택이 더 명확하고 쉬워진다.

생성된 이미지 중 Style C의 첫 번째 이미지를 보면 천의 방향이 앞을 향하고 꽃의 머리가 위로 향하고 있는 것이 인상적이다. 이는 블룸글램이 추구하는 아름다움과 자연적인 경험을 예술적으로 잘 표현하였다. 그러므로 최종적으로 Style C의 첫 번째 이미지를 사용하고자 한다. 해당 이미지를 [U1] 버튼을 눌러 업스케일링 한 후 저장해 놓는다.

후반 작업하기: 포토샵 활용

앞서 작업은 설정한 방향대로 잘 표현된 것 같다. 그러나 이대로 끝내기보다는 후반 작업을 통해 완성
도를 더욱 높여보도록 한다. 먼저 블룸글램 상징물 주변에 꽃잎이 날리는 효과를 보자. 작은 꽃잎, 흩
어지는 꽃잎, 올라가는 꽃잎 등을 명령어로 미드저니에서 꽃잎만 별도로 생성해 보자.

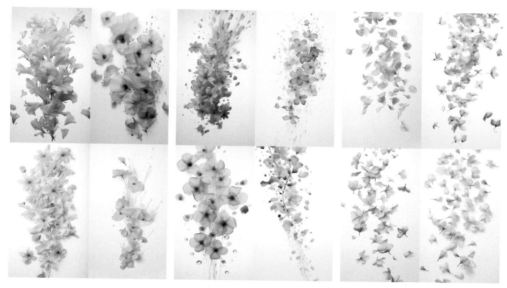

prompt pink petals rising, white background --ar 9:16

prompt small pink petals rising up, pink particle, white background --ar 9:16

prompt small pink petals flying upward, sparsely, scatter in all directions, white background --ar 9:16

여기에서는 세 번째로 생성한 이미지들의 세 번째 이미지가 마
음에 든다. [U3] 버튼을 눌러 업스테일링 한 후 저장해 준다. 그
리고 포토샵을 실행한 후 앞서 만든 두 이미지를 같은 도큐먼트
(작업 공간)에 가져와 작업을 하자. 현재의 두 이미지는 [학습자
료] 폴더에서 사용할 수 있다.

1 그림처럼 먼저 배경으로 사용할 블룸글램 광고 이미지를 열
어준 후, 배경 위에 꽃잎 이미지가 나타나도록 꽃잎 이미지를 나
중에 가져온다. 사용되는 이미지를 직접 끌어서 적용한다.

2 레이어 패널에서 위쪽에 적용된 꽃잎 레이어 위에서 ❶[우측 마우스 버튼] – ❷[Rasterize Layer(레이어 레스터화)]를 선택한다.

3 꽃잎 레이어가 선택된 상태에서 [Remove Background]를 클릭한다. 그러면 흰색 배경이 제거되고 꽃잎만 남게 된다. 학습자료 폴더의 [Remove 툴바 활성화]를 참고한다.

4 ❶[올가미 도구]를 사용하여 모양이 어색한 꽃잎만 ❷[선택(드로잉 방식으로 선택)]한다.

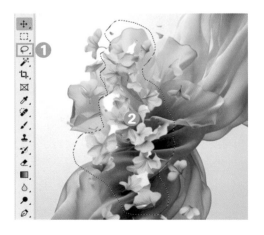

5 불필요한 부분이 선택됐다면, 꽃잎 레이어가 선택된 상태에서 아래쪽 [레이어 마스크 추가] 버튼을 클릭한다.

레이어 마스크란?

포토샵에서 레이어 마스크는 특정 레이어의 일부를 숨기거나 드러내는 데 사용되는 기능으로, 레이어 마스크를 사용하면 레이어의 특정 부분을 비파괴적으로 편집할 수 있어, 원본 이미지를 손상시키지 않고도 다양한 효과를 적용할 수 있다. 참고로, 마스크의 흰색 부분은 레이어가 보이는 영역을, 검은색 부분은 숨겨지는 영역을 나타내며, 회색은 반투명한 상태로 표현된다.

6 **꽃잎 이동하기** ❶[사각형 선택 도구]를 사용하여 그림처럼 이동할 ❷[꽃잎을 선택]한 후, ❸[Ctrl] + [드래그]하면 선택된 꽃잎만 선택되어 이동된다. 이와 같은 방법으로 꽃잎을 하나하나 예쁘게 배치한다.

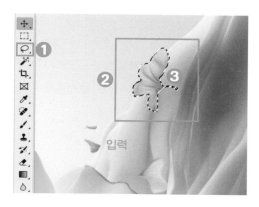

7 블룸글램의 광고에 사용될 이미지가 완성되었다. 이제 이 이미지는 SNS를 통한 온라인 광고와 오프라인 인쇄물 등에서 사용할 수 있다. 이처럼 AI를 사용하면, 광고에 사용할 이미지를 손쉽게 제작할 수 있다는 것을 알 수 있다.

03-3 포스터 디자인 제작

블룸글램 화장품의 모든 제품을 종합하여 세련된 포스터를 제작해 보자. 포스터 디자인 기획 단계에서 챗GPT를 활용하고, 기획된 내용을 미드저니가 반영하여 이미지를 생성해 보자. 이 두 AI 도구는 전문가 못지않게 멋진 디자인 소스를 생성해 줄 것이다.

포스터 기획 및 제작하기

챗GPT를 활용하여 기획 단계에서의 요소를 제공받고, 포토샵을 활용해 체험단 모집 문구를 삽입하여 포스터 디자인을 마무리할 것이다. 먼저 다음과 같이 블룸글램 화장품 종합세트를 표현하기 위해 몇 가지 요소를 정한 후 다음과 같이 챗GPT에게 요청하였다. 제품의 범위는 다양하게 설정하고, 패키지 디자인은 세련된 스타일로 구성하며, 컬러는 블루와 다양한 색상의 믹스 매칭을 활용하였다. 또한, 친환경 재료의 사용을 강조한 챗GPT의 답변을 다음과 같다.

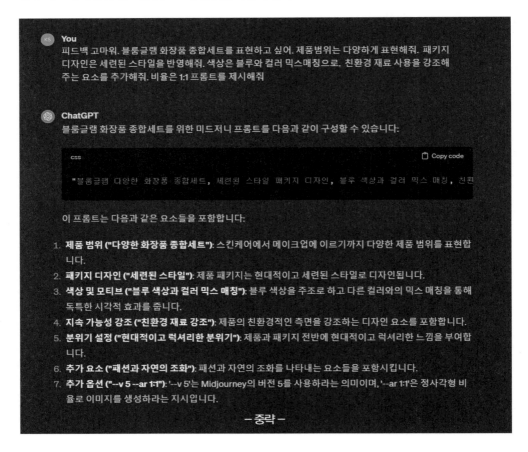

You
피드백 고마워. 블룸글램 화장품 종합세트를 표현하고 싶어. 제품범위는 다양하게 표현해줘. 패키지 디자인은 세련된 스타일을 반영해줘. 색상은 블루와 컬러 믹스매칭으로. 친환경 재료 사용을 강조해 주는 요소를 추가해줘. 비율은 1:1 프롬트를 제시해줘

ChatGPT
블룸글램 화장품 종합세트를 위한 미드저니 프롬트를 다음과 같이 구성할 수 있습니다:

```css
"블룸글램 다양한 화장품 종합세트, 세련된 스타일 패키지 디자인, 블루 색상과 컬러 믹스 매칭, 친환
```

이 프롬트는 다음과 같은 요소들을 포함합니다:

1. **제품 범위 ("다양한 화장품 종합세트")**: 스킨케어에서 메이크업에 이르기까지 다양한 제품 범위를 표현합니다.
2. **패키지 디자인 ("세련된 스타일")**: 제품 패키지는 현대적이고 세련된 스타일로 디자인됩니다.
3. **색상 및 모티브 ("블루 색상과 컬러 믹스 매칭")**: 블루 색상을 주로 하고 다른 컬러와의 믹스 매칭을 통해 독특한 시각적 효과를 줍니다.
4. **지속 가능성 강조 ("친환경 재료 강조")**: 제품의 친환경적인 측면을 강조하는 디자인 요소를 포함합니다.
5. **분위기 설정 ("현대적이고 럭셔리한 분위기")**: 제품과 패키지 전반에 현대적이고 럭셔리한 느낌을 부여합니다.
6. **추가 요소 ("패션과 자연의 조화")**: 패션과 자연의 조화를 나타내는 요소들을 포함시킵니다.
7. **추가 옵션 ("--v 5 --ar 1:1")**: '--v 5'는 Midjourney의 버전 5를 사용하라는 의미이며, '--ar 1:1'은 정사각형 비율로 이미지를 생성하라는 지시입니다.

— 중략 —

챗GPT의 답변은 [블룸글램 다양한 화장품 종합세트, 세련된 스타일 패키지 디자인, 블루 색상과 컬러 믹스 매칭, 친환경 재료 강조, 현대적이고 럭셔리한 분위기, 스킨케어부터 메이크업 제품까지, 패션과 자연의 조화]라는 한글로 작성되었다. 이제 이를 영문으로 번역해서 사용해 보자. 번역된 영문 프롬프트는 다음과 같다.

prompt bloom glam comprehensive set of various cosmetics, sophisticated style package design, blue color and color mix matching, emphasis on eco-friendly materials, modern and luxurious atmosphere, from skin care to makeup products, harmony of fashion and nature --v 5 --ar 1:1

이미지 생성하기: 미드저니 활용

챗GPT에서 작성된 프롬프트를 영문으로 번역한 문장을 복사하여 미드저니에서 사용해 보자. 여기에서는 다음과 같이 제품 패키지를 파랑색 톤과 핑크색 톤 두 가지 색상으로 생성해 본다.

prompt bloom glam comprehensive set of various cosmetics, sophisticated style package design, <u>blue color and color mix matching,</u> emphasis on eco-friendly materials, modern and luxurious atmosphere, from skin care to makeup products, harmony of fashion and nature

prompt bloom glam comprehensive set of various cosmetics, sophisticated style package design, <u>blue color and pink color, color mix matching,</u> emphasis on eco-friendly materials, modern and luxurious atmosphere, from skin care to makeup products, harmony of fashion and nature

예시로 사용하기 위해 생성된 이미지 중, 두 번째로 생성한 이미지들 중 세 번째 이미지를 사용해 보자. 해당 이미지의 [U3] 버튼을 눌러 업스케일링 한 후, 저장해 준다.

후반 작업하기: 포토샵 활용

포토샵에서 앞서 생성한 이미지를 가져와 크기 설정 및 제품 이미지에 새겨진 글자를 지우고, 또한 블룸글램 글자를 삽입하여 정보들을 대체한 후, 제품 체험단 모집 관련 문구를 넣어 실제 포스터 디자인을 완성해 보자.

1 포토샵에서 앞서 생성한 이미지를 가져온 후 ❶[자르기 도구]를 선택한 후 ❷[Alt] + [드래그(이동)]하여 그림처럼 작업 영역을 키워준 후 ❸[엔터] 키를 누른다.

3 ❶[제네레이트필]을 클릭한 후, 명령 프롬프트에 아무 것도 입력하지 않은 상태로 ❷[제네레이트]를 클릭한다.

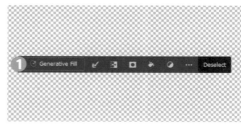

2 ❶[사각형 선택 도구]을 사용하여 확장된 영역을 ❷❸[모두 선택]한다. [Shift]를 누른 상태에서 드래그하여 선택한다.

1 그러면 다음의 그림처럼 확장된 빈 영역에 배경과 이미지가 자연스럽게 생성된다.

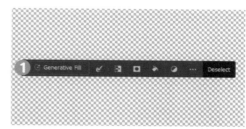

4 **글자 지우기** 이번엔 제품에 새겨진 불필요한 글자를 지워보자. ❶[사각형 선택 도구]를 사용하여 그림처럼 글자가 있는 부분을 선택한다. 복수 선택은 [Shfit]를 활용해도 되지만, 상단에 있는 ❷[선택 영역 추가]를 선택하여 ❸[복수 선택(영역 확장)]할 수 있다.

5 그러면 그림처럼 선택된 영역의 글자가 깨끗하게 지워진 것을 알 수 있다. 같은 방법으로 나머지 제품의 글자도 깨끗히 지워준다.

1 같은 방법으로 ❶[제네레이트필]을 클릭한 후, ❷[제네레이트]를 클릭한다.

1 이제 블룸글램 스타일의 글자를 표현해 보도록 한다. 먼저 작업 위치를 설정(스페이스바를

누르고 이동)한 후 ●[문자 도구]를 사용하여 그림처럼 ●[글자]를 입력한다.

⑥ 레이어 패널에서 방금 입력(생성)한 글자 레이어에서 ●[우측 마우스 버튼] – ●[Rasterize Type(문자 레스터화)]을 선택한다.

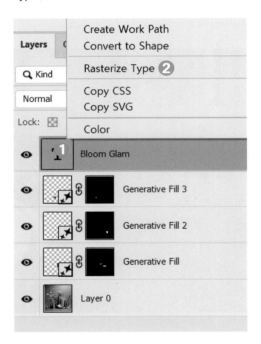

⑦ ●[지우개 도구]를 사용하여 그림처럼 불필요한 부분의 ●[글자]를 지운다. 브러쉬 크기는 [Alt] + [우측 마우스 버튼으로 드래그]하여 조절할 수 있다. 같은 방법으로 작업을 마무리한다.

QUICK TIPS!

레스터화(Rasterize)에 대하여

포토샵에서 레스터화(Rasterize)는 벡터 기반의 레이어를 픽셀 기반의 이미지로 변환하는 것을 의미한다. 벡터 그래픽은 점, 선, 곡선 등의 수학적 공식으로 이루어진 이미지로, 확대나 축소 시에도 품질 손실이 없다. 하지만 픽셀 기반의 효과나 필터를 적용할 수 없다. 반면에 레스터(Raster) 이미지는 픽셀로 구성되어 있어 크기 변경 시 품질이 저하될 수 있지만, 포토샵의 다양한 효과와 필터를 적용 및 그리기, 지우기 등의 작업을 할 수 있다.

가상의 브랜드를 구축해서 로고부터 제품 패키지까지 제작해 보았다. 브랜드가 앞으로 어떤 방향으로 나아갈 것인지 함께 훈련시키고, 각 제작물을 어떻게 만들면 좋을 것인지를 챗GPT와 함께 만들어 간다면, 실무에서도 충분히 활용이 가능하다. 다음의 그림은 최종 작업된 포스터의 모습이다.

03-4 PPT(프레젠테이션) 이미지 생성

디자인 작업 시 필요한 이미지를 구할 때, 많은 사람들이 이미지 판매 사이트에서 비싼 비용을 지불하며 이미지를 찾곤 했다. 그러나 이제는 AI를 통해 직접 원하는 이미지를 생성할 수 있어, 비용을 들이지 않고도 원하는 이미지를 만들어 사용할 수 있다.

목업 이미지 생성하기

목업(Mock-up)은 이미지 생성 AI에게 제품이나 디자인의 초기 모습을 전달하는 데 매우 효과적인 방법이다. 목업은 개발 초기 단계에서 제품이나 소프트웨어 디자인의 전반적인 방향성과 주요 기능을 시각적으로 표현할 수 있게 해준다. 일반적으로 프로토타입(Prototype)에 비해 더욱 단순화되고 개념적인 형태를 띠고 있어, AI가 이해하고 생성하기에 적합하다.

AI 이미지 생성에서 목업을 활용하면 여러 장점이 있다. 우선, 실제 제품을 제작하는 것보다 훨씬 빠르고 경제적으로 디자인 컨셉을 검토할 수 있다. 또한, 다양한 디자인 변경 및 수정 요청에도 신속하게 대응할 수 있어 작업 효율성이 크게 향상된다. 그러나 AI가 고품질의 목업 이미지를 생성하기 위해서는 명확하고 상세한 프롬프트 작성이 필수적이다.

첫째, 제품의 형태와 디자인 요소를 가능한 한 자세히 설명해야 한다. 둘째, 제품의 색상과 배경 색상을 정확하게 지정하는 것이 중요하다. 마지막으로, 이러한 내용을 간결하고 명확한 한 문장으로 정리하여 프롬프트를 생성해야 한다. 필요한 경우 구글 번역기 등을 활용하여 최적화된 프롬프트를 입력하는 것도 도움이 될 수 있다. 다음의 문장은 이번 학습의 예시를 한글로 입력한 후 구글 번역기를 통해 영문으로 번역한 프롬프트이다.

영문으로 번역된 프롬프트를 미드저니 프롬프트로 사용하여 이미지를 생성해 보자. 다음의 예시는 종이컵, 신발 상자, 향수병, 크리스마스 선물박스, 꽃병, 종이 가방에 대한 목업을 생성한 결과물들이다.

종이컵 프롬프트

prompt please show me the cup located in the center of the white desk. the cup has a general design without a handle and <u>must be made of white paper</u> on a white background

신발 상자 프롬프트

prompt <u>shoe case</u> on a white background. the color is red. it's placed in the center. express it with paper material. the shape is rectangular

향수병 프롬프트

prompt white background, <u>glass perfume bottle</u> mockup, lid is gold

크리스마스 선물상자 프롬프트

prompt white background, <u>christmas square gift box</u> mockup, green lid

prompt yellow background, glass bottle, <u>vase</u>, white background, mockup

prompt kraft texture, <u>square paper shopping bag</u>, white background

목업 이미지는 디자인과 사용자 경험 개선을 위한 초석이자 출발점으로서 매우 중요한 역할을 한다. 실무에서는 프로토타입을 제작할 때 지나친 섬세함을 추구하기보다는 전체적인 방향성과 주요 기능을 확인하는 데 중점을 두는 것이 효과적이다.

자료 이미지 생성하기

자료 이미지 생성은 특정 주제나 내용을 시각적으로 표현하는 데 매우 효과적인 방법이다. 이러한 이미지는 주제에 대한 이해도를 높이는 데 도움을 준다. 일반적으로 프레젠테이션(Presentation)은 입찰, 보고, 회의 등의 목적으로 활용되는데, 이 때 AI 생성 이미지를 사용하면 많은 이점이 있다.

AI 기반 이미지 생성은 빠른 처리 속도와 높은 품질의 이미지를 제공한다. 또한, 사용자의 요구에 맞게 스타일과 색상을 자유롭게 조정할 수 있어 매력적이고 전문적인 자료 이미지를 만들 수 있다. 이는 프레젠테이션의 시각적 효과를 극대화하고, 청중의 관심과 이해를 높이는 데 큰 도움이 된다.

자료 이미지 생성을 위해 AI 프롬프트를 활용할 때는 명확하고 구체적인 지시 사항이 필요하며, 원하는 이미지의 주제, 스타일, 색상 등을 상세히 설명하는 프롬프트를 작성해야 한다. 예를 들어, "모던하고 세련된 스타일의 블루 컬러 배경에 3D 그래프를 활용한 비즈니스 성장 개념 이미지"와 같은 프롬프트를 입력하면, AI는 해당 내용을 바탕으로 시각적으로 인상적인 자료 이미지를 만들어 낼 수 있다.

이처럼 AI 프롬프트 디자인을 통한 자료 이미지 생성은 프레젠테이션의 품질을 한층 더 높이고, 전문성과 설득력을 강화하는 데 큰 도움이 된다. 사용자는 명확하고 상세한 프롬프트 작성에 주력하여 AI가 최상의 결과물을 만들어 낼 수 있도록 해야 한다. 이를 통해 시간과 비용을 절약하면서도 고품질의 자료 이미지를 확보할 수 있다.

prompt top view, lots of coffee beans

prompt top view, cherry blossom leaves, full

prompt blue sky

prompt dust, mask

prompt blue dragon, white blue sky

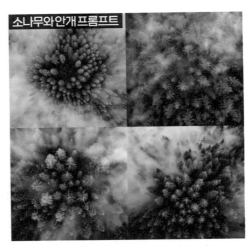

prompt top view, pine trees, fog

prompt land, seeds, sprouts, extreme close up, front view, depth of field

prompt top view, orange brown check pattern

자료 이미지는 프레젠테이션의 시각적 효과를 높이고 청중의 관심을 끌어내는 데 큰 역할을 한다. 추상적인 개념을 이해하기 쉬운 그림으로 표현하는 것은 청중의 이해도를 향상시키고, 프레젠테이션의 설득력을 강화하는 효과적인 방법이다. 이미지를 생성했다면 PPT 슬라이드를 다음과 같이 꾸밀 수 있다.

AI 기반 이미지 생성 기술은 이러한 자료 이미지 제작에 큰 도움을 준다. AI는 사용자의 프롬프트에 따라 세상에 존재하는 거의 모든 것을 생성해 낼 수 있다. 반복적인 이미지 생성 과정을 통해 노하우를 쌓으면, 점차 높은 품질의 이미지를 효과적으로 만들어 낼 수 있게 된다.

결과적으로, AI 프롬프트 디자인을 활용한 자료 이미지 생성은 프레젠테이션의 질을 한 단계 끌어올리고, 청중에게 강력한 인상을 남기는 데 큰 도움이 된다. 사용자는 명확한 프롬프트 작성과 반복적인 실습을 통해 AI 이미지 생성 기술을 자신의 프레젠테이션에 효과적으로 활용할 수 있을 것이다.

크롭 이미지로 활용하기

크롭(Crop) 기능(포토샵에서 가능)은 이미지의 구성과 강조점을 조절하는 데 유용하게 활용될 수 있다. 불필요한 배경을 제거하고 주요 대상을 부각시킴으로써 시각적 집중도를 높일 수 있다. 또한, 이미지 비율 조정을 통해 다양한 플랫폼과 용도에 최적화된 크기로 편집할 수 있다. 이는 SNS 게시물 등에서 이미지의 가독성과 미적 완성도를 향상시키는 데 도움이 된다. 크롭 기능을 AI 프롬프트에 적절히 활용하면 보다 정제되고 효과적인 이미지 생성이 가능해진다.

예를 들어, 다음과 같이 청룡 이미지의 경우 얼굴 부분을 부각시키는 것이 주요 포인트가 될 수 있다.

또한, 마스크를 쓴 모습의 이미지일 경우, 마스크 부분을 강조하기 위해 마스크 부분만 잘라서 사용할 수 있다.

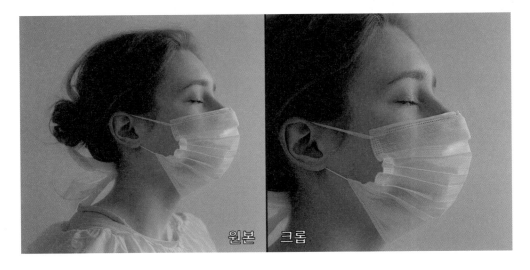

새싹일 경우에는 새싹이 돋아나는 모습을 더욱 생동감 있게 느끼게 하거나 특정 새싹이 더 돋보이도록 할 수 있다. 또한, 커피콩 이미지일 경우에도 커피콩이 더 잘 보이도록 하는데 사용된다.

원본　　크롭

원본　　크롭

이처럼 크롭을 적절히 활용하면 이미지의 선명도를 높이고, 미학적으로 더욱 아름답고 인상적인 결과물을 얻을 수 있다. 크롭을 통해 이미지의 구도를 개선하고, 주요 피사체를 부각시킴으로써 원본 이미지보다 시각적으로 훨씬 더 매력적인 이미지를 만들어 낼 수 있다. 이는 AI 생성 이미지의 퀄리티를 한 단계 업그레이드하고, 전문적이고 감각적인 이미지를 제작하는 데 큰 도움이 된다. 따라서, AI 프롬프트 디자인 과정에서 크롭 기능을 적극적으로 활용하여 이미지의 완성도를 높이는 것이 중요하다.

AI 생성 기술의 발전으로 인해 기존에는 어려웠던 가로 형태 영상의 세로 변환이 가능해졌다. 과거에는 억지스러운 확대, 중복 교차, 화면 회전 등의 방법을 사용했지만, 이제는 AI를 활용한 사이즈 확장으로 보다 자연스러운 세로 영상을 제작할 수 있게 되었다. 현재는 카메라 움직임이 없는 상태에서만 확장이 가능하다는 제약이 있지만, 이 방법으로도 기존의 세로 영상 제작의 한계를 크게 개선할 수 있다. 머지않아 카메라 움직임이 있는 영상에서도 AI 기술을 통해 사방으로 확장된 비디오를 생성할 수 있을 것으로 전망되며, 간단한 편집 과정을 거쳐 AI 기술을 활용함으로써 보다 자연스럽고 매력적인 세로 영상을 제작할 수 있게 될 것이다.

애프터 이펙트를 활용한 영상 편집

AI 생성 기술을 활용한 세로 영상 제작에서는 에프터이펙트(After Effects)를 통한 사전 편집이 매우 중요하다. 특히 영상에서 강조해야 할 부분을 먼저 선별하고 편집하는 것이 핵심이다. 예를 들어, 제시된 예시 장소와 같은 경우에는 영상의 주요 피사체 앞으로 지나가는 사람들이 등장하지 않도록 주의 깊게 편집해야 한다. 이를 통해 시청자의 주의를 분산시키지 않고 영상이 전달하고자 하는 메시지에 집중할 수 있도록 만드는 것이 필수적이다. 에프터 이펙트를 활용한 세심한 사전 편집은 AI 기술을 통해 생성될 세로 영상의 품질을 한층 더 높이는 데 크게 기여할 것이다.

1 **장면 자르기** 애프터 이펙트를 실행한 후 [학습자료] 폴더에서 예제 파일을 가져와 타임라인에 적용한 후, 적용된 소스(장면 클립)의 시작점과 끝점을 끌어서 그림처럼 잘라준다.

📑 [학습자료] 폴더의 [세로영상 예제] 파일 활용

2 **렌더 영역 지정하기** 장면 클립을 ❶[좌측으로 이동(클릭 & 드래그)]하여 잘려진 시작점을 0프레임 지점에 맞춰준 후, ❷[렌더 영역을 1프레임]으로 조절(시작점과 끝점 이동)한다. 그러면 1프레임에 해당되는 영역(장면)만 파일로 만들어진다.

3 렌더 영역이 지정됐으며, 파일을 만들기 위해 ❶[File] - ❷[Export] - ❸[Add to Render Queue]를 선택한다.

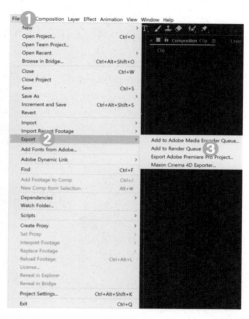

4 **렌더 설정하기** 아웃풋 렌더 설정 창이 열리면, [Output Module의 설정]을 클릭한다.

5 파일 형식을 ❶[Jpeg(Sequence)]로 선택한다. 이것은 지정된 렌더 영역의 장면을 이미지로 추출하는 방식이다. 그다음 ❷[OK] 버튼을 누르고 설정을 완료한다.

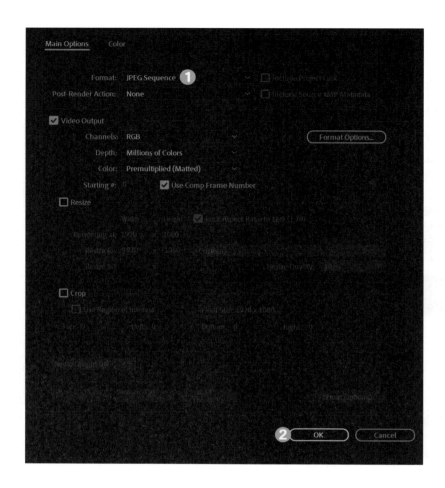

6 다시 랜더 설정 창에서 최종 출력될 위치를 설정해 주기 위해 [Output To의 파일 형식]을 클릭하여, 원하는 위치(폴더)를 지정한다.

7 **파일 만들기** 파일이 저장될 위치가 지정되면, 렌더 설정 창 우측 상단의 [Render] 버튼을 클릭하여 이미지로 만들어 준다.

8 **포토샵에서 영역 채우기** 포토샵을 실행한 후, 방금 만든 이미지 파일을 가져온다. 그다음 세로 화면을 만들기 위해 ❶[자르기 도구]를 선

택한 후, ❷[Alt] + [드래그]하여 그림처럼 위아래 작업 영역을 키워주고, ❸[엔터] 키를 누른다. 그다음 ❹[사각형 선택 도구]를 사용하여 이미지가 생성(채워질)될 ❺[위아래 영역을 선택]한다.

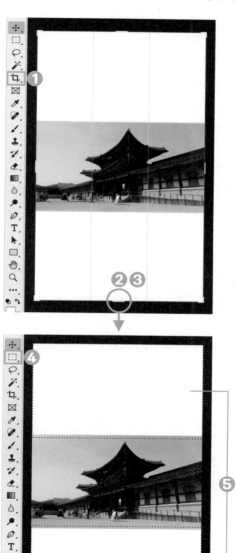

9 **포토샵에서 영역 채우기** ❶[제네레이트 필]을 클릭한 후, 명령 프롬프트에 아무 것도 입력하지 않은 상태로 ❷[제네레이트]를 클릭한다.

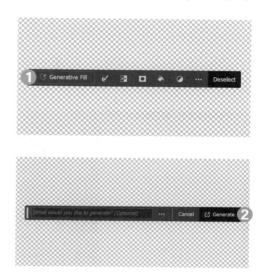

10 그러면 그림처럼 비어 있던 영역 위아래에 원본 그림에 맞는 그림이 채워진다.

11 이제 빈 곳에 채워진 위아래 영역(이미지)를 애프터 이펙트에서 사용되는 영상에 얹혀보도록 하자. 그림처럼 원본이 있던 가운데 배경을 지우고 투명한 상태로 사용해 보자. 그러기 위해 아래쪽 [레이어 마스크 추가] 버튼을 클릭하면 된다. 그리고 [Ctrl] + [S] 키를 눌러 PSD 형식으로 저장한다.

12 애프터 이펙트에서 ❶[File] − ❷[Import] − ❸[File]을 선택하여 방금 포토샵에서 저장한 파일을 가져온다.

13 현재 사용 중인 컴포지션(동영상이 포함된)에서 ❶[우측 마우스 버튼] − ❷[Composion Settings]를 선택한다.

14 컴포지션 설정 창이 열리면, 세로 ❶[1080 뒤에 *3]을 입력하여 3배 더 크게 확장한다. 그다음 ❷[OK] 버튼을 눌러 적용한다.

15 새롭게 설정된 컴포지션에서 방금 가져온 포토샵 파일을 타임라인 아래쪽에 갖다 놓는다. 그러면 다음과 같이 자연스럽게 세로 버전 영상이 만들어진 것을 알 수 있다. 참고로 해당 이미지는 가운데 부분이 투명하기 때문에 위쪽에 적용해도 상관없다.

SNS 플랫폼에서 사용된 콘텐츠 제작에 있어 AI 기술의 활용은 매우 중요한 역할을 할 것으로 보인다. AI를 통해 로고 이미지 생성, PPT 자료 이미지 생성, 그리고 AI 모델 생성 등 다양한 분야에서 창의적이고 효율적인 작업을 수행할 수 있게 되었다. 이는 콘텐츠 제작자들에게 새로운 가능성을 열어주고, 보다 높은 품질의 콘텐츠를 만들어낼 수 있는 기회를 제공한다.

그러나 여기서 만족하지 않고 계속해서 발전해 나가야 한다. AI 기술은 빠른 속도로 진화하고 있으며, 이에 따라 새로운 기회와 도전이 끊임없이 등장할 것이다. 이러한 상황에서 호기심을 잃지 않고 지속적으로 학습해 나가는 것이 무엇보다 중요하다. 다음 단계로 나아가기 위해 모션그래픽(Motion graphics)에 대한 지식을 쌓는 것도 좋은 방법이 될 것이다.

04

AI 이미지 영상 디자인 합성

AI 기술을 활용한 광고 이미지 제작은 창의성과 효율성을 동시에 높일 수 있는 혁신적인 접근 방식이다. 특히 챗 GPT와 같은 대화형 AI를 활용하면, 기획 단계부터 전문가 수준의 아이디어와 정보를 얻을 수 있다. 이번 파트를 통해 광고 이미지 제작의 전 단계를 보다 체계적이고 효과적으로 수행할 수 있다.

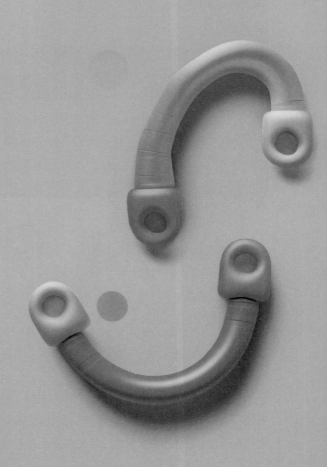

상황별 비디오 생성 후 시퀀스 연결

비디오 콘텐츠 제작에 있어 카메라의 종류와 구도에 대한 이해는 매우 중요하다. 우선, 다양한 카메라의 특성과 용도에 대해 알아보고, 촬영하고자 하는 상황에 맞는 적절한 카메라를 선택하는 것이 필요하다. 또한, 시청자의 시선을 사로잡을 수 있는 효과적인 구도를 고려하여 이미지를 생성하는 것도 필수적이다. 이를 바탕으로, AI 기술을 활용하여 보다 전문적이고 매력적인 영상을 제작할 수 있다. 특히 런웨이(Runway) AI 툴은 비디오 생성 및 편집에 특화된 플랫폼으로, 사용자들이 손쉽게 고품질의 영상을 만들어낼 수 있도록 도와준다.

카메라 샷에 대하여

비디오 생성에 있어 시퀀스(Sequence)는 단순히 하나의 이미지를 비디오로 만드는 것이 아니라, 일련의 장면들을 의도적으로 배열하여 시간과 공간의 연속성을 표현하는 것이 시퀀스의 핵심이다. 이를 통해 특정 사건이나 주제를 더욱 심도 있고 예술적으로 표현할 수 있다. 예를 들어, 근접 촬영된 불타는 나무토막들의 이미지가 시퀀스의 시작이 될 수 있다. 그 다음, 카메라가 서서히 후진하면서 전체 장면을 보여주고, 마지막으로 멀리서 바라본 불타는 집의 모습으로 끝맺을 수 있다. 이런 식의 시퀀스 구성은 시청자들에게 사건의 전개와 심각성을 효과적으로 전달할 수 있다. 시퀀스를 만들기 위해서는 다양한 카메라 샷(Shot)의 종류와 그 특징을 이해하는 것이 필수적이다. 각각의 샷은 독특한 시각적 효과와 목적을 가지고 있으며, 이를 적절히 활용하는 것이 전문가적인 기술이다.

풀샷 (FS: Full shot)

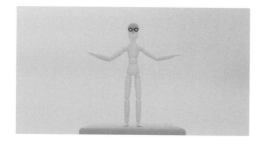

촬영 대상의 모습을 전체적으로 보여주는 샷으로, 시퀀스 구성에 있어 매우 중요한 역할을 한다. 이는 피사체와 그 주변 환경을 모두 포함하여 전체적인 맥락을 전달하는 데 효과적이다. 예를 들어, 한 인물이 거실에 앉아있는 모습을 풀 샷으로 보여줌으로써, 시청자들은 그 인물이 처한 상황과 분위기를 한눈에 파악할 수 있다. AI 기술을 활용하여 풀 샷을 생성할 때는 장면 전체의 구도와 조명, 색감 등을 세심하게 고려해야 한다. 인물과 배경 사이의 조화, 그리고 프레임 내 요소들의 균형 잡힌 배치가 중요하다. 또한, 풀 샷에서는 대상의 동작이나 표정보다는 전체적인 상황을 전달하는 것에 초점을 맞추어야 한다.

풀 샷으로 생성된 이미지를 다른 샷들과 적절히 조합하여 시퀀스를 구성한다면, 시청자들에게 장면에 대한 폭넓은 이해를 제공할 수 있다. 예를 들어, 풀 샷으로 시작하여 점차 클로즈업 샷으로 전환해 가는 시퀀스는 전체적인 상황을 소개한 후 세부 사항에 집중하게 만드는 효과를 가져올 수 있다. 따라서, AI를 활용한 비디오 제작에서 풀 샷의 중요성을 인지하고, 이를 효과적으로 생성 및 배치하는 것이 필요하다. 이를 통해 우리는 더욱 몰입도 높고 내러티브가 풍부한 비디오 콘텐츠를 만들어낼 수 있을 것이다.

롱샷 (LS: Long shot)

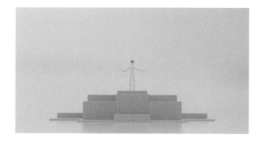

비디오 시퀀스에서 공간감과 스케일을 전달하는 데 매우 효과적인 기법이다. 풀 샷보다 더 넓은 시야를 제공하여, 피사체와 그 주변 환경의 관계를 보다 포괄적으로 보여준다. 이는 시청자들에게 장면에 대한 깊이 있는 이해를 제공하고, 공간적 맥락을 설정하는 데 도움을 준다. 예를 들어, 한 인물이 광활한 사막을 걷고 있는 모습을 롱 샷으로 촬영한다면, 인물의 고독감과 주변 환경의 거대함을 동시에 전달할 수 있다. 또한, 도시의 스카이라인을 롱 샷으로 보여줌으로써 도시의 규모와 분위기를 효과적으로 나타낼 수 있다.

AI 기술을 활용하여 롱 샷을 생성할 때는 프레임 내 요소들의 균형과 구도에 특히 주의를 기울여야 한다. 넓은 시야 안에서 피사체의 위치와 크기, 그리고 주변 환경과의 조화를 고려하여 이미지를 구성해야 한다. 또한, 롱 샷에서는 디테일보다는 전체적인 분위기와 느낌을 전달하는 것이 중요하므로, 조명과 색감의 선택에도 신중을 기해야 한다. 롱 샷으로 생성된 이미지를 시퀀스 내에서 적절히 배치하면, 장면 전환이나 공간 변화를 자연스럽게 표현할 수 있다.

미디엄샷 (MS: Medium shot)

촬영 대상의 모습을 상반신이나 허리 이상을 포함한 샷으로, 인물의 감정과 행동을 포착하는 데 매우 중요한 역할을 한다. 이 샷은 피사체의 상반신이나 허리 이상을 프레임에 담아, 표정과 제스처를 세밀하게 묘사할 수 있다. 이를 통해 시청자들은 인물의 내면 상태와 상황에 대한 반응을 보다 깊이 있게 이해할 수 있다. 예를 들어, 두 인물이 대화를 나누는 장면을 미디엄 샷으로 촬영한다면, 그들의 얼굴 표정과 몸짓을 통해 대화의 분위기와 감정을 생생하게 전달할 수 있다. 또한, 한 인물이 어떤 작업에 집중하고 있는 모습을 미디엄 샷으로 보여줌으로써, 그 행위의 의미와 중요성을 부각시킬 수 있다. AI를 활용하여 미디엄 샷을 생성할 때는 인물의 포즈와 표정, 그리고 조명과 색감에 세심한 주의를 기울여야 한다.

미디엄 클로즈업 (MCU: Medium Close-Up)

촬영 대상의 모습 중 얼굴과 어깨를 포함하는 샷으로, 인물의 감정을 가장 직접적이고 강렬하게 전달할 수 있는 샷이다. 이 샷은 피사체의 얼굴과 어깨를 프레임에 가득 채워, 표정의 미세한 변화와 눈빛을

세밀하게 포착한다. 이를 통해 시청자들은 인물의 내면 상태에 깊이 공감하고, 그들이 처한 상황에 대해 보다 깊이 이해할 수 있다. 예를 들어, 한 인물이 슬픔에 잠겨 눈물을 흘리는 모습을 미디엄 클로즈업으로 촬영한다면, 그 감정의 깊이와 진실성을 마치 직접 마주한 것처럼 생생하게 전달할 수 있다. 또한, 두 인물이 서로를 바라보며 미소 짓는 장면을 미디엄 클로즈업으로 담아내면, 그들 사이의 따뜻한 유대감과 친밀함을 효과적으로 표현할 수 있다.

미디엄 클로즈업을 생성할 때는 인물의 표정과 눈빛에 최대한 주의를 기울여야 한다. 실제 감정을 자연스럽고 설득력 있게 묘사하기 위해서는 얼굴의 미세한 근육 움직임과 눈동자의 변화를 세심하게 포착하고 재현해야 한다. 또한, 조명과 색감의 선택에도 신중을 기해, 인물의 감정 상태를 더욱 효과적으로 부각시킬 수 있어야 한다.

클로즈업 (CU: Close-Up)

촬영 대상의 얼굴, 특정 부분, 또는 세부 사항을 확대하여 강조하는 샷으로, 인물의 감정이나 사물의 디테일을 가장 강렬하고 집중적으로 전달할 수 있는 샷이다. 이 샷은 피사체의 얼굴이나 특정 부분을 프레임 가득 채워 촬영함으로써, 시청자의 시선을 그 부분에 완전히 집중시킨다. 이를 통해 우리는 인물의 내면 상태나 사물의 중요한 특징을 매우 세밀하고 깊이 있게 탐구할 수 있다. 예를 들어, 한 인물의 눈물 맺힌 눈동자를 클로즈업으로 포착한다면, 그 감정의 깊이와 진실성을 압도적으로 전달할 수 있다. 또한, 어떤 물건의 표면 질감이나 작은 흠집을 클로즈업으로 보여주면, 그것의 특별한 의미나 스토리를 암시적으로 전달할 수 있다.

클로즈업을 생성할 때는 피사체의 디테일과 질감을 최대한 사실적이고 섬세하게 묘사하는 것이 중요하다. 인물의 피부 결, 눈동자의 반사광, 사물의 미세한 패턴 등을 정교하게 재현함으로써, 시청자들이 마치 실제로 그것을 마주하고 있는 듯한 생생한 경험을 제공해야 한다.

익스트림 클로즈업 (ECU: Extreme Close-Up)

촬영 대상의 특정 부분을 초근접 확대하여 보여주며 샷으로, 피사체의 가장 작고 세밀한 부분을 극단적으로 확대하여 보여주는 샷이다. 이 샷은 대상의 미세한 디테일을 프레임 전체에 가득 채움으로써, 시청자로 하여금 평소에는 눈여겨보지 않았던 사물의 특징이나 인물의 감정을 새로운 각도에서 발견하게 만든다. 이를 통해 우리는 대상에 대한 독특하고 심층적인 이해를 이끌어낼 수 있다. 예를 들어, 한 인물의 눈동자를 익스트림 클로즈업으로 포착하면, 눈동자 표면의 혈관과 색소를 매우 상세하게 관찰할 수 있다. 이는 인물의 감정 상태나 건강 상태에 대한 새로운 통찰을 제공할 수 있다. 또한, 꽃잎의 표면을 익스트림 클로즈업으로 보여주면, 그 미세한 잔털과 색의 그라데이션을 마치 추상적인 예술 작품처럼 표현할 수 있다.

웜 아이 뷰 (Warm eye view)

벌레의 시야에서 보듯 카메라를 피사체보다 훨씬 낮은 위치에 배치하여 촬영하는 기법이다. 이 샷은 마치 땅에 있는 벌레의 시점에서 피사체를 올려다보는 듯한 독특한 시각적 효과를 만들어낸다. 이를 통해 우리는 일상적인 대상을 전혀 새로운 관점에서 바라볼 수 있으며, 피사체의 크기와 존재감을 극대화할 수 있다. 예를 들어, 웜 아이 뷰로 촬영한 건물은 마치 하늘을 찌를 듯이 높고 웅장하게 보일 것이다. 또한, 웜 아이 뷰로 포착한 인물은 마치 거인처럼 강력하고 압도적인 존재감을 발산할 수 있다. 이는 피사체의 물리적 특성뿐만 아니라 그것이 가진 상징적 의미나 내러티브 상 역할을 효과적으로 전달하는 데 도움을 준다.

하이 앵글 (High angle)

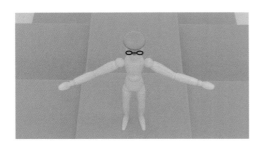

카메라를 촬영 대상보다 높은 위치에 배치하여 아래를 향해 촬영하는 기법이다. 이 샷은 피사체를 작고 무력해 보이게 만들어, 대상의 취약함이나 열등함을 강조하는 데 사용된다. 또한, 하이 앵글은 시청자로 하여금 피사체를 내려다보는 우월한 위치에 서게 함으로써, 심리적인 권력 관계를 암시적으로 전달할 수 있다. 예를 들어, 하이 앵글로 촬영된 인물은 마치 작고 나약한 존재처럼 보일 수 있다. 이는 그 인물이 처한 곤경이나 무력한 상황을 효과적으로 전달하는 데 도움이 된다. 또한, 하이 앵글로 포착된 풍경이나 건물은 시청자에게 그것을 조망하고 통제할 수 있는 느낌을 줄 수 있다.

로우 앵글 (Low angle)

카메라를 촬영 대상보다 낮은 위치에 배치하여 위를 향해 촬영하는 기법이다. 이 샷은 피사체를 크고 강력해 보이게 만들어, 대상의 권위, 힘, 또는 우월함을 강조하는 데 사용된다. 또한, 로우 앵글은 시청자로 하여금 피사체를 올려다보는 열등한 위치에 서게 함으로써, 피사체가 가진 영향력이나 지배력을 암시적으로 전달할 수 있다. 예를 들어, 로우 앵글로 촬영된 인물은 마치 거대하고 강력한 존재처럼 보일 수 있다. 이는 그 인물의 카리스마, 권위, 또는 리더십을 효과적으로 전달하는 데 도움이 된다. 또한, 로우 앵글로 포착된 건축물이나 기념비는 그것의 웅장함과 상징적 의미를 부각시킬 수 있다.

로우 앵글을 생성할 때는 피사체의 크기 확대와 원근감의 왜곡을 자연스럽고 인상적으로 표현하는 것이 중요하다. 대상을 아래에서 위로 바라본 듯한 시각적 효과를 사실적으로 재현해야 하며, 동시에 프레임 내 구도와 균형을 적절히 유지해야 한다. 또한, 조명과 그림자의 표현에도 주의를 기울여, 로우 앵글 특유의 극적이고 웅장한 분위기를 연출할 수 있어야 한다.

버드 아이 뷰 (Bird eye view)

마치 하늘 높이 날고 있는 새(혹은 드론)의 시점에서 바라본 듯한 이미지를 구현하는 기법이다. 이 샷은 대상을 거의 수직으로 내려다보며 촬영하여, 광활한 영역을 한 눈에 담아낼 수 있다. 버드 아이 뷰는 피사체와 그 주변 환경의 전체적인 구조와 배치를 명확히 보여줌으로써, 공간에 대한 포괄적인 이해를 제공한다. 예를 들어, 버드 아이 뷰로 촬영한 도시의 모습은 건물, 도로, 공원 등의 요소들이 어떻게 배치되고 연결되어 있는지를 한눈에 파악할 수 있게 해준다. 또한, 자연 환경을 버드 아이 뷰로 담으면 지형의 기복, 식생의 분포, 수계의 흐름 등을 종합적으로 관찰할 수 있다.

AI 기술을 활용한 비디오 제작에서 다양한 카메라 샷을 이해하고 전략적으로 활용하는 것은 매우 중요하다. 각각의 샷은 특정한 감정, 분위기, 또는 내러티브 상의 의미를 전달하는 데 최적화되어 있기 때문이다. 풀 샷, 미디엄 샷, 클로즈업, 익스트림 클로즈업, 하이 앵글, 로우 앵글, 버드 아이 뷰 등 다양한 샷을 적재적소에 사용함으로써, 이야기를 더욱 효과적이고 입체적으로 전달할 수 있다. 이러한 카메라 샷에 대한 이해는 AI 기반 이미지 생성에도 직접적으로 활용될 수 있다. 특정 장면이나 대상을 어떤 샷으로 묘사할 것인지를 프롬프트에 명시함으로써, 보다 의도에 부합하고 심도 있는 이미지를 생성해 낼 수 있기 때문이다. 나아가 이렇게 생성된 이미지들을 시퀀스로 연결하여 비디오를 제작할 때에도, 샷의 변화와 조합을 통해 리듬감과 내러티브 흐름을 제어할 수 있다.

AI 생성형 비디오는 이러한 장점들로 인해 점점 더 많은 주목을 받고 있다. 전통적인 비디오 제작 방식에 비해 제작 속도가 빠르고 비용이 저렴하며, 프롬프트와 옵션 설정만으로도 높은 수준의 결과물을 얻을 수 있기 때문에 전문적인 제작 인력이나 장비가 없어도, 다양한 분야에서 효과적으로 활용될 수 있다.

비디오 생성 후 시퀀스 연결하기

특정 상황이나 이야기를 시각화할 때, 배경 설정은 매우 중요한 출발점이 된다. 제시된 시나리오에서는 외딴곳에 위치한 저택이 불에 휩싸이는 과정을 단계적으로 묘사하고자 하는데, 이를 위해서는 각 단계별로 적절한 이미지를 생성하고 조합하는 것이 필요하다. 이미지 표현은 외딴곳에 있는 저택이 있으며 불에 활활 타고 있는 상황을 예시로 하여 작은 불씨에서 큰 화재로 이어지는 참사에 대해 만들어 보려고 한다. 처음에는 근접 이미지 그다음 주변 환경 이미지, 먼 거리순으로 표현해 보자. 다음의 세 가지 요소로 이미지를 생성 해보기로 하고, 미드저니에서 자신이 상상하고 있는 이미지를 적용해 보자.

근접 담배 불씨
주변 환경 나무 기둥들이 활활 타고 있는 장면
먼 거리 저택 화재 표현

prompt lood floor, cigarette butts, fire, close up shot, fire --ar 16:9

prompt crumbling wooden ceiling, burning ceiling, fire particle, strong flame, smoke --ar 16:9

#3 : 저택화재

#4 : 산불

prompt a detached two-story mansion in the middle of a meadow, a huge fire breaks out in the mansion, flames soaring into the sky, it is night, the stars are embroidered in the night sky, a small pond in the center, wide angle --ar 16:9

prompt forest fire, night, bird eye view --ar 16:9

제시된 시나리오에 따라 [담배꽁초] - [집안 화재] - [저택 큰 불] - [산 불]의 순서로 이미지를 생성하고, 이를 컷 바이 컷(Cut by Cut) 기법이라고 한다. 이렇듯 각 장면을 다양한 앵글과 거리감으로 촬영하고 연결함으로써, 시청자들은 화재의 발생과 확산 과정을 입체적으로 이해할 수 있을 것이다. 예를 들어, 담배꽁초의 클로즈업 샷에서 시작하여 점차 카메라를 후퇴시켜 집안 전체의 화재 모습을 보여주고, 다시 저택 외부에서의 롱 샷과 익스트림 롱 샷으로 전환하여 불이 건물 전체를 집어삼키는 장면을 연출할 수 있다.

마지막으로 산 전체로 번지는 화재의 모습을 버드 아이 뷰로 담아내면, 재난의 규모와 파급력을 극적으로 전달할 수 있을 것이다. 이러한 컷 바이 컷 편집은 단순히 사건의 전개를 보여주는 데 그치지 않고, 공간의 깊이와 사건의 심각성을 점진적으로 전달하는 데 큰 도움이 되며, 시청자들은 각 장면 간의 연결과 대비를 통해 사건의 전모를 파악하고, 그 속에서 자신만의 해석과 감정을 이끌어낼 수 있게 될 것이다.

런웨이 살펴보기

시퀀스 이미지를 생성했으니 이제 런웨이를 활용하여 비디오로 생성해 보자. 런웨이는 이미지를 간단히 드래그 앤 드롭하여 타임라인에 배치하여, 다양한 모션 효과 등을 연출할 수 있다. 참고로 런웨이는 무료로 하루에 한 장을 생성할 수 있으며, 유료 이용자에게는 무한대로 생성이 가능하다. 런웨이가 실행됐다면, [Text/Image to Video]를 클릭한다. 그러면 해당 작업을 할 수 있는 작업 화면이 나타난다.

Prompt 프롬프트를 입력하는 공간이다. 프롬프트는 AI 모델에게 수행할 태스크나 생성할 콘텐츠에 대한 지시 사항을 입력할 수 있다.

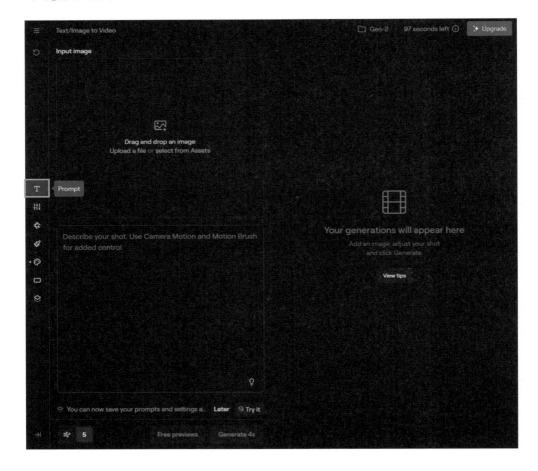

General AI 기반 비디오 생성 도구에서 결과물의 품질과 일관성을 조절하기 위한 기능들을 사용할 수 있다.

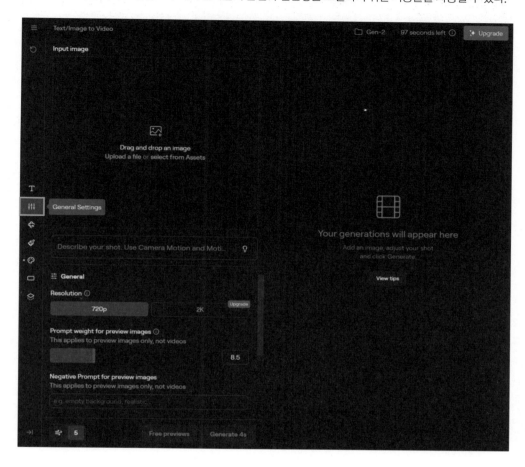

Seed 무작위로 생성되는 좌표이다. 체크하면 비디오 생성 스타일이 고정된다.

Interpolate 움직임을 부드럽게 만들어준다.

Upscale 비디오 해상도를 높일 수 있다.

Remove Watermark 비디오 생성 시 워터마크를 표시하거나 지워준다 .

Camera 생성된 비디오에 역동적인 움직임과 시각적 효과를 추가하는 기능들을 제공한다. 창의적으로 활용하면 비디오에 몰입감과 역동성을 더할 수 있으며, 시청자의 시선을 유도하고 감정을 자극하는 효과를 얻을 수 있다.

Horizontal 화면이 좌우로 움직이는 모션이 적용된다.

Vertical 화면이 위아래로 움직이는 모션이 적용된다.

Pan 카메라를 좌우로 회전시키는 움직임을 나타낸다.

Tilt 카메라를 위아래로 기울이는 움직임을 나타낸다.

Roll 화면을 회전시킨다.

Zoom 화면이 확대/축소 되면서 인/아웃된다.

Motion Brush 생성 비디오의 특정 부분에 선택적으로 움직임을 적용할 수 있는 기능들을 제공한다. 비디오 내 특정 객체나 인물에 역동적인 움직임을 부여하고, 시청자의 시선을 유도하는 등 창의적인 연출을 할 수 있으며, 이를 통해 보다 몰입도 높고 흥미로운 비디오 콘텐츠를 제작할 수 있다.

Brush 1, 2, 3, 4, 5 브러시로 칠을 하면, 해당 영역에 모션 효과가 적용된다.

Horizontal 브러시로 칠을 하면, 해당 부분에 좌우로 움직이는 모션 효과가 적용된다.

Vertical 브러시로 칠을 하면, 해당 부분이 상하로 움직이는 모션 효과가 적용된다.

Proximity 브러시로 칠을 하면, 해당 부분이 앞뒤로 움직이는 모션 효과가 적용된다.

Ambient 주변 환경의 강도를 설정한다.

Graphite 이 옵션에서는 런웨이에서 제공하는 다양한 스타일들을 선택하여 이미지에 일관된 예술적 느낌과 분위기를 부여할 수 있다. 참고로 이 옵션을 활성화하기 위해서는 이전 단계(옵션)에서 어떠한 이미지도 적용되지 않은 상태여야 한다.

Aspect Ratio 생성되는 비디오의 화면 비율을 설정할 수 있다. 기본은 16:9이다.

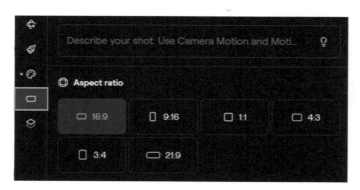

시퀀스 이미지로 비디오 생성하기

런웨이에서 제공되는 기능들이 다양하지만, 주로 프롬프트를 추가로 입력하여 풍성하게 표현을 하게 된다. 이번 예시의 프롬프트는 [smoke, rises, fire]이다. 이제 본격적으로 앞서 생성된 시퀀스 이미지들을 활용하여 비디오를 생성해 보자.

1 첫 번째 장면 만들기 앞서 생성한 이미지 중 ❶[첫 번째 이미지]를 가져온 후 ❷[smoke rises, fire]란 프롬프트를 입력하고, 부드러운 모션을 해서 ❸[Interpolate]을 선택하고, 워터마크 없는 고화질로 출력하기 위해 ❹[HD]과 ❺[Remove Watermark]를 체크한다. Seed는 설정하지 않으며, HD와 Remove Watermark는 유료 버전으로 업그레이드해야 가능하다.

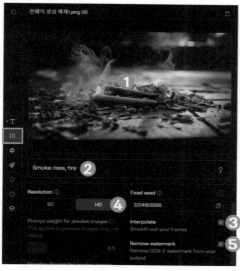

2 [카메라 설정]에서 단순히 줌아웃으로 카메라가 뒤쪽으로 빠지는 모션으로 적용하기 위해 Zoom을 [-1.0]으로 설정한다.

3 ❶[모션 브러시]에서 ❷[Auto-detect area]를 해제하고, ❸[연기가 피어날 부분을 색칠]한다. 그다음 Vertical 값을 ❹[0.5]로 설정한다. 그러면 색칠된 부분의 연기가 위로 올라간다. 설정이 끝나면 ❺[Generate 4s] 버튼을 클릭하여 비디오를 생성한다.

시드(Seed)란?

시드는 AI 모델이 결과물을 생성할 때 사용하는 초기값 또는 시작점으로, 같은 프롬프트를 사용하더라도 다른 Seed 값을 사용하여 약간씩 다른 결과물이 생성되도록 할 수 있다.

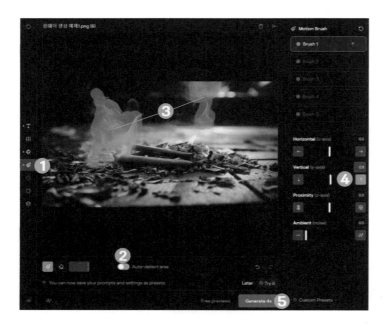

4 두 번째 장면 만들기 계속해서 이번에는 ❶
[두 번째 이미지]를 가져온 후 프롬프트는 ❷[fire
particle, spark, smoke]로 입력하고, ❸[HD]와
❹[Remove watermark]를 체크한다.

5 ❶[카메라 모션]은 이전과 동일하게 Zoom
값을 ❷[-1.0]로 설정한다. 편집할 때 장면과 장
면이 연결되는 속도가 같아야 장면이 자연스럽
게 연결되기 때문이다.

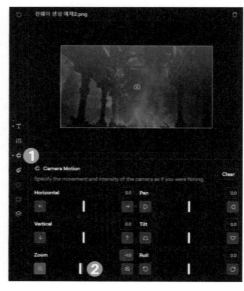

6 ❶[모션 브러시]에서 주요 ❷[불기둥이 있는 부분에 색]을 칠하고, ❸[Vertical] 값을 올려 불길이 위로 솟구치게 하도록 한다. 설정이 끝나면 ❹[Generate 4s] 버튼을 클릭하여 비디오를 생성한다. 계속해서 생성된 나머지 두 이미지도 불길이 솟는 비디오를 만들어 준다. 각각의 프롬프트는 [fire particle]와 [smoke]이며, 나머지 옵션 값을 자신이 원하는 대로 설정하면 된다.

7 **길이 늘리기** 이번엔 비디오(장면) 길이를 늘려보자. 생성된 비디오 좌측 하단(버전에 따라 위치가 다를 수 있음)의 [Extend] 버튼을 누른다.

8 익스텐트 비디오 설정 창이 열리면, 하단의 [Extend 4s]를 클릭한다. 그러면 4초 더 긴 비디오가 생성된다.

9 이때 [Fixed seed]를 꼭 체크해 주어야 한다. 그래야만, 생성되는 모션이 동일한 시드 값에 맞는 장면이 표현되기 때문이다.

비디오 편집하기: 런웨이 활용

런웨이는 동영상 생성뿐만 아니라 생성된 동영상을 편집할 수 있는 에디터를 제공한다. 이제 앞서 생성해 놓은 비디오를 가지고서 편집을 해보자. 런웨이를 열고, [Video Editor Projects] 클릭하면 다음과 같은 화면이 나온다.

1 여기에서 ❶[Create your first project]를 클릭한 후, ❷[Video Composition]을 선택하여 새로운 프로젝트를 만든다.

2 앞서 생성한 [4개의 동영상]을 하나씩 선택한 후, 아래쪽 [비디오 1 트랙]으로 끌어다 놓는다.

🔖 [학습자료] 폴더의 [런웨이 생성 예제1~4] 파일 활용

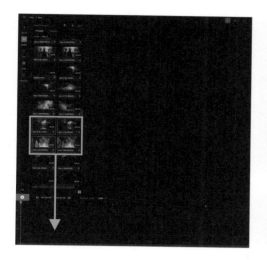

3 동영상이 적용되는 타임라인 트랙은 자동으로 생성되며, 예시처럼 동영상을 1초 간격으로 교차된 상태로 적용하여 배치한다. 앞쪽 2개는 4초, 뒤쪽 2개는 8초로 짜리 동영상으로 적용하였다. 참고로 동영상 클립의 모습이 보이지 않는다면 [+] 키를 눌러 확대를 해보자. 그러면 화면이 확대되면서 나타나게 된다.

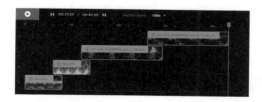

4 적용된 동영상 중 ❶[두 번째 영상]을 선택한 후, 우측 창에서 ❷[Motion effect]를 클릭하여 서브 옵션이 나타나도록 한다.

5 먼저 Motion in의 [+] 버튼을 눌러 모션 인 효과를 추가한다.

6 모션 인 효과 중 ❶[Fade]를 선택하고, 효과 지속 시간(Duration)을 ❷[2초]로 설정한다.

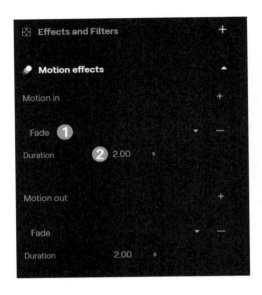

7 **자막 만들기** 마지막 영상이 사라지면서 글자가 나타나는 장면을 만들기 위해 ❶[마지막 동영상]을 클릭(선택)한 후, ❷[Text]를 선택한다.

8 글자가 생성되면 원하는 곳으로 ❶[이동]한 후, 타임라인에 적용된 텍스트 클립을 예시처럼 마지막 동영상과 ❷[교차(약 1~2초)]시킨다.

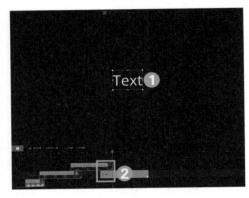

9 이제 기본 글자를 원하는 글자로 수정해 보자. 글자를 더블클릭한 후 원하는 글자를 입력하면 된다. 예시로 [Let's look again at the lights that have been turned off]를 입력해 주었으며, 화면에 모두 보이도록 크기를 줄여주었다. 크기 조절은 글자 외곽의 모서리(포인트)를 이동하여 조절하거나 우측 Transfor의 Size 값을 설정하여 조절할 수 있다.

Transform 텍스트 작업 창에서의 트랜스폼은 글자의 위치, 크기, 회전, 정렬 등을 조절하여 비디오 내에서 텍스트가 어떻게 나타날지를 결정할 수 있다.

Position 글자의 위치를 설정한다.

Size 글자의 가로와 세로 크기를 설정한다.

Rotation 글자를 위전한다.

Align 글자의 위치를 정렬한다.

Blend Mode 글자의 합성 상태를 설정한다.

Font 글자의 글꼴을 선택한다.

Weight & Size 글자의 두께와 크기를 설정한다.

Spacing 글자의 자간과 행간을 설정한다.

Aligment 자의 정렬 방식을 선택한다.

Color 글자의 색상을 설정한다.

[10] **모션 자막 만들기** 글자 클립이 선택된 상태에서 [Animate] 버튼을 클릭한다.

[11] ❶[시간(타임 바)]을 글자 클립의 시작점으로 이동한 후 Opacity의 ❷[키프레임]을 클릭한다. 그러면 마름모 모양의 키프레임이 생성된다.

[12] 시간을 글자의 ❶[끝점으로 이동]한 후, Opacity의 ❷[키프레임]을 추가한다. 그다음 Transform의 Opacity 값을 ❸[0]으로 설정하여 서서히 투명해 지는 모션을 만든다.

13 모션 자막 작업이 끝나면, [Back to Timeline] 버튼을 눌러 다시 원래의 편집 모드로 전환한다.

14 **동영상 만들기** ❶[Export] 버튼을 클릭한 후, 최종 출력할 동영상 규격을 설정해 보자. Resolution(해상도)은 ❷[1080p], Format은 ❸ [MP4]가 표준이다. 하지만 고화질을 원할 경우에는 4K, ProRes 로 설정해 주면 된다. 참고로 ProPes와 PNG를 사용하기 위해서는 Pro 사용자로 업그레이드해야 한다. 설정이 끝나면 ❹ [Export Video] 버튼을 클릭한다.

15 동영상이 생성되면 다운로드하기 위해 재생기 우측 하단의 ❶[메뉴(···)]에서 ❷[Download] 버튼을 클릭하여 원하는 장소에 저장하면 된다.

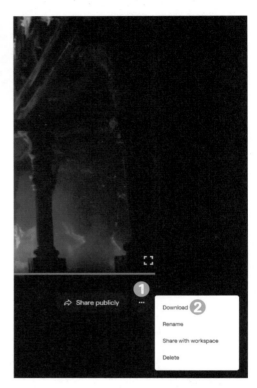

런웨이(Runway)와 같은 AI 생성 콘텐츠는 이미지와 프롬프트의 명확성에 의존하며, 창의적인 비전을 구현하려면 여러 시도와 수정이 필요하다. 런웨이는 동영상 생성에 유용하며, 창의적 가능성을 확장시킨다. 최상의 결과를 위해 도구의 작동 방식을 이해하고 적절히 조정하여 사용하는 것이 중요하다.

04-2 반복되는 모션 제작

짧은 영상 콘텐츠는 다양한 플랫폼에서 효과적으로 메시지를 전달하는 데 최적화되어 있다. 특히 기업 홍보나 제품의 특징을 소개할 때, 반복적인 애니메이션을 활용하면 시청자의 주의를 사로잡고 핵심 정보를 각인시키는 데 매우 효과적입니다. 반복 모션은 일관된 리듬과 패턴을 통해 시각적 흥미를 유발하고, 브랜드나 제품의 이미지를 강화하는 데 도움이 된다. 또한, 짧은 시간 안에 많은 정보를 전달해야 하는 상황에서 반복 모션은 메시지를 간결하고 명확하게 전달할 수 있는 효율적인 방법이다. 런웨이와 같은 AI 도구를 활용하면 반복 모션을 포함한 다양한 애니메이션 효과를 보다 쉽게 제작할 수 있다.

반복 영상이 사용되는 곳

반복 영상은 다양한 분야에서 활용되고 있으며, 특히 음악 산업에서 플레이리스트 영상 제작에 널리 사용되고 있다. 앰비언트 뮤직(Ambient music)이나 칠 사운드(Chill sound)와 같이 신비롭고 몽환적인 분위기의 음악에 어울리는 영상을 제작할 때, AI로 생성한 이미지를 활용한 반복 영상이 큰 역할을 하고 있다. 이러한 영상들은 음악의 분위기와 조화를 이루며, 시청자들에게 시각적인 즐거움과 함께 음악에 더욱 깊이 몰입할 수 있는 경험을 제공한다.

AI 생성 이미지는 독특하고 추상적인 패턴, 그래픽 요소들을 만들어내기에 적합하며, 이를 반복 모션과 결합하면 음악의 흐름에 맞는 매혹적인 영상을 제작할 수 있다. 음악 플레이리스트 영상 외에도 반복 영상은 다음과 같은 분야에서 활용될 수 있다.

음악 플레이 리스트 플레이리스트를 영상으로도 만든다. 전문성 있는 앰비언트 뮤직이나 칠리 사운드에 주로 활용되는 신비로운 음악에 맞춰 AI 이미지로 반복되는 영상을 만드는 경우가 많다.

웹사이트 반복 영상은 웹사이트의 배경으로 사용하거나, 모바일 앱의 화면에 동적인 요소로 표시된다. 이것은 웹사이트나 앱을 더 동적이고 눈에 띄게 만드는 데 도움이 된다.

포스터 디지털 매체에서 주로 사용되며, 특히 온라인 이벤트 프로모션, 영화 예고편, 상품 광고 등의 분야에서 널리 활용된다. 이러한 포스터는 시청자의 주의를 끄는 데 도움이 되며, 독특하고 창의적인 디자인을 통해 브랜드나 이벤트의 시각적 아이덴티티를 강화할 수 있다.

전시장 특별한 시각적 효과를 만드는 데 사용한다. 전시회나 온라인 플랫폼에 주로 상품을 반복 재생하여 상품 노출 및 자연스럽게 상품을 각인시키는데, 활용되고 있다.

반복 영상은 다양한 분야에서 시각적 효과, 커뮤니케이션, 교육, 예술 등 다양한 목적으로 활용되며, 그 유용성과 효과는 사용되는 컨텍스트와 목적에 따라 다를 수 있다. AI 기술의 발전으로 더욱 혁신적이고 고품질의 반복 영상이 만들어지고 있다. 반복 영상은 살펴본 것 외에도 다음과 같은 분야에서 활용될 수 있다.

브랜딩 및 로고 애니메이션 기업의 로고나 브랜드 아이덴티티를 반복적인 모션으로 표현하여 시청자들에게 각인시킬 수 있다.

소셜 미디어 콘텐츠 인스타그램, 틱톡 등의 플랫폼에서는 짧고 임팩트 있는 영상 콘텐츠가 인기를 끌고 있으며, 반복 모션은 이러한 콘텐츠 제작에 효과적이다.

뮤직 비디오 및 공연 영상 음악에 맞춘 반복적인 비주얼 요소를 활용하여 독특한 분위기를 연출하고, 곡의 구조와 리듬을 시각적으로 표현할 수 있다.

교육 및 튜토리얼 영상 복잡한 개념이나 과정을 반복적인 애니메이션으로 설명하면 학습자들의 이해를 돕고 기억에 오래 남을 수 있다.

명상 및 웰빙 콘텐츠 반복적이고 안정적인 시각 요소는 명상이나 이완을 위한 영상 콘텐츠 제작에 적합하다.

반복 영상 제작하기

앞서 제작한 예시의 [블룸글램] 광고 이미지로 무한 반복 재생되는 영상을 만들어 보자. 여기에서의 예시는 SNS 업로드용이며, 세로 형태이다.

1 모션 효과 만들기 런웨이의 메인화면에서 [Text/Image to video]를 선택한다.

2 제작한 ①[블룸글램] 이미지를 갖다 놓고, 프롬프트는 ②[fluttering cloth]로 입력한다.

3 ❶[Motion Brush]에서 ❷[꽃잎 부분을 색칠]해 주고, Vertical 값을 ❸[0.5]로 설정한 후, ❹[Generate 4s]를 클릭하여 비디오를 생성한다.

4 이전 학습에 살펴보았던 것처럼 방금 생성된 비디오의 길이를 4초 더 길게 해주기 위해 [Extend] 버튼을 누른다.

5 익스포트 비디오 설정 창에서 ❶[Fixed seed]를 체크하여 모션 효과를 고정시키고, 모션 효과를 더욱 강하게 해주기 위해 좌측 도구 중 ❷[Motion Brush]를 사용하여 ❸[꽃잎] 부분만 추가로 색칠한 후, Vertical 값을 ❹[0.5]로 설정한 후, ❺[Extend 4s] 버튼을 클릭한다.

6 생성된 동영상을 저장하고자 한다면 [Download] 버튼을 눌러 원하는 장소에 저장할 수 있다.

7 **반복 영상 만들기** 이제 방금 만든 동영상을 무한 반복 영상으로 만들어 보자. 런웨이 메인화면으로 가기 위해 좌측 상단 ❶[메뉴]에서 ❷[Go to Dashboard]를 선택한다.

8 새로운 프로젝트를 만들기 위해 [Video Editor Project]를 클릭한다.

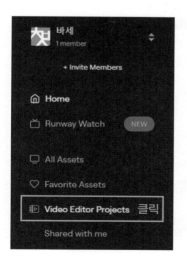

9 새로운 화면에서 ❶[New project]를 클릭한 후 ❷[Video Composition]을 선택하여 새로운 프로젝트를 만든다.

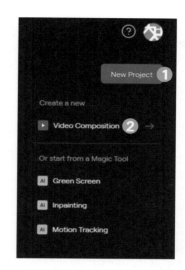

10 방금 생성한 ❶[8초 길이의 동영상]을 타임라인에 갖다 놓은 후 시간(타임 바)을 ❷[2초]로 이동한다. 그다음 ❸[Split]을 눌러 현재 시간에서 영상을 잘라준다.

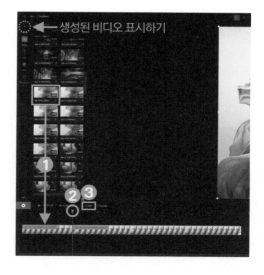

생성된 비디오 표시하기

11 잘려진 장면 중 앞쪽 클립을 그림처럼 위로 올려 아래쪽 클립의 ①[끝점]에 맞춰준다. 그다음 아래쪽 클립을 기준으로 시작점을 ②[0프레임]에 맞춰준다.

12 반복 영상에 사용되는 위쪽 영상 ①[클립을 선택]한 후, ②[Animate] 버튼을 클릭한다.

13 애니메이션 작업 모드로 전환되면, 그림처럼 위쪽 클립의 시작과 끝에 Opacity 키프레임을 생성하여 서서히 사라지는 모션을 만들어 준다. 투명도 모션은 131페이지를 참고한다.

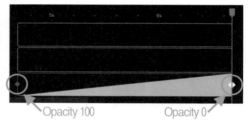

QUICK TIPS!

프로젝트 크기 설정하기

작업 중 프로젝트 크기를 설정하기 위해서는 빈 곳을 클릭하여 아무것도 선택되지 않는 상태에서 우측 상단의 트랜스폼에서 [Size] 값을 설정하면 된다. 만약 프로젝트와 사용되는 비디오 클립의 크기가 다르다면 같은 방법으로 크기를 맞춰줄 수 있다.

14 ①[Export] - ②[Export Video]를 클릭하면 무한 반복 동영상이 생성된다.

캐릭터 애니메이션 제작

AI 기술의 발전은 캐릭터 제작과 애니메이션 분야에도 큰 변화를 가져오고 있다. 과거에는 캐릭터 디자인과 애니메이션 제작에 많은 시간과 전문 인력이 필요했지만, 이제는 AI 도구를 활용하여 짧은 시간 내에 원하는 캐릭터를 생성하고 애니메이션을 제작할 수 있게 되었다. 이는 특히 홍보나 마케팅 분야에서 큰 이점으로 작용한다. 실제 인물을 모델로 기용하는 것은 비용, 일정, 법적 문제 등 여러 가지 복잡한 사항들을 고려해야 하지만, AI를 활용한 캐릭터 제작은 이러한 문제를 상당 부분 해결해 준다. 크리에이터는 자신이 원하는 대로 캐릭터의 외모, 성격, 움직임 등을 자유롭게 설정하고, 필요에 따라 빠르게 수정 및 변경할 수 있다.

계획 및 제작 단계

AI 기반 캐릭터 제작 및 애니메이션을 시작할 때, 가장 중요한 것은 명확한 목표와 비전을 갖는 것이다. 창작자는 캐릭터의 형태, 생김새, 성격 등에 대한 구체적인 아이디어를 미리 정립해야 한다. 이는 제작 과정에서 방향성을 잃지 않고, 원하는 결과에 더 가까운 캐릭터를 생성할 수 있게 해준다. 캐릭터 제작에 앞서 다음과 같은 단계를 거치는 것이 좋다.

1단계: 컨셉 및 스토리 개발

캐릭터의 배경, 성격, 역할 등을 설정하고, 캐릭터가 등장할 스토리나 시나리오를 개발한다. 타겟 고객층의 선호도, 브랜드 이미지, 마케팅 목표 등을 고려하여 컨셉을 정립한다.

2단계: 디자인 레퍼런스 수집

캐릭터의 시각적 스타일, 색상, 의상, 소품 등에 대한 아이디어를 얻기 위해 다양한 레퍼런스 이미지를 수집한다. 유사한 캐릭터, 실제 인물, 예술 작품 등을 참고하여 창의적 영감을 얻는다.

3단계: 초기 스케치 및 프로토타이핑

수집한 레퍼런스를 바탕으로 캐릭터의 초기 스케치를 그려보고, 다양한 포즈와 표정을 실험해 본다. AI 도구를 활용하여 스케치를 기반으로 프로토타입 캐릭터를 생성하고, 수정 및 보완 사항을 파악한다.

4단계: 캐릭터 세부 디자인

프로토타입을 바탕으로 캐릭터의 최종 디자인을 결정한다. 얼굴 생김새, 신체 비율, 의상, 액세서리 등 캐릭터를 구성하는 각 요소를 세부적으로 디자인한다.

5단계: 애니메이션 기획

캐릭터의 움직임, 표정, 상호작용 등에 대한 애니메이션 컨셉을 기획한다. 스토리보드, 동작 차트 등을 작성하여 애니메이션의 흐름과 타이밍을 정의한다.

캐릭터 제작에서는 사전에 충분한 준비와 계획이 필수적이다. 비록 AI 기술이 크게 발전했다 하더라도, 아직까지는 크리에이터가 원하는 모습을 100% 구현하는 것은 어려울 수 있다. 따라서 제작 과정의 각 단계를 철저히 따르고, 원하는 캐릭터에 대한 구체적인 정보를 미리 준비하는 것이 매우 중요하다. 스테이블 디퓨전(Stable diffusion)과 같은 도구를 사용하면 캐릭터의 모든 세부 사항을 직접 제어할 수 있지만, 이는 상당한 시간과 전문성을 요구한다.

본 저서에서는 보다 쉽고 빠르며 직관적인 방법으로 캐릭터를 제작하는 데 초점을 맞추고 있다. 이를 위해서는 캐릭터에 대한 명확한 컨셉과 디자인 방향성을 사전에 수립하는 것이 큰 도움이 된다. 제시된 예제에서는 블룸글램 브랜드 타깃을 위한 캐릭터를 제작하고자 한다. 목표는 마치 현실에 존재할 것 같은 생동감 있는 인물을 창조하는 것이다. 이를 위해 필자는 다음과 같은 인물 정보를 설정했다.

나이	20대
키	168
얼굴	큰 눈, 빨간 입술, 진한 눈썹
헤어	단발, 숏컷
헤어 컬러	브라운
헤어 액세서리	꽃 모양의 헤어핀
외모	동양인, 인상적인 외모와 아름다움을 가진 모델
스타일	현대적이고 패션에 관심이 많은 스타일

아트브리더로 캐릭터 제작하기

아트브리더(Artbreeder)는 AI 기술을 활용하여 이미지를 조합하고 새로운 이미지를 생성하는 강력한 도구로, 이 도구는 유전 알고리즘을 기반으로 작동하며, 사용자가 선택한 이미지들의 특징을 혼합하여 독특하고 창의적인 결과물을 만들어 낸다. 아트브리더의 주요 기능은 다양한 이미지를 혼합하는 것이다. 사용자는 인물, 풍경, 물체 등 다양한 카테고리의 이미지를 선택하고 조합하여 새로운 이미지를 생성할 수 있다. 이 과정에서 각 이미지의 특징이 유전자처럼 전달되어, 기존 이미지들의 특성을 반영하면서도 독창적인 이미지가 탄생하게 된다. 살펴보기 위해 [https://www.artbreeder.com] 또는 구글 검색을 통해 아트브리더로 접속해 보자.

아트브리더로 캐릭터 기초 잡기

캐릭터 제작에 있어 아트브리더를 활용하면 기초 단계에서부터 창의적인 아이디어를 얻을 수 있다. 다양한 인물 이미지를 선택하고 혼합하여, 원하는 캐릭터의 기본적인 외형과 분위기를 탐색할 수 있다. 이렇게 생성된 이미지는 캐릭터 디자인의 출발점이 되며, 이후 세부적인 수정과 보완을 거쳐 최종적인 캐릭터를 완성할 수 있다.

1 **혼합된 얼굴 만들기** 아트브리더 메인화면에서 ❶[Portraits]를 선택한 후, ❷[New Image] 버튼을 클릭한다.

2 여러 얼굴을 혼합할 것이기 때문에 우측에 있는 옵션을 설정하지 않아도 된다. 상단 [+] 모양의 [Add parent]를 클릭한다. 결과는 랜덤하기 때문에 예시와 다를 수 있다.

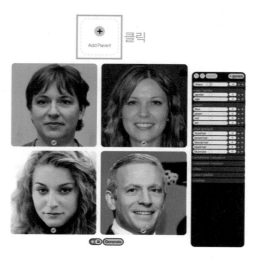

3 여러 모델이 나타나면, 혼합하고자 하는 [첫 번째 얼굴]을 선택해 보자.

4 첫 번째 얼굴이 추가되면 두 번째 얼굴을 선택하기 위해 다시 [Add parent]를 클릭한다.

5 얼굴 리스트가 나타나면 혼합하고자 하는 [두 번째 얼굴]을 선택한다.

6 하단의 [Generate]를 클릭하여 앞서 선택한 두 얼굴이 혼합된 얼굴을 생성한다.

7 혼합된 결과물을 생성되면 [마음에 드는 얼굴]을 선택하면 된다.

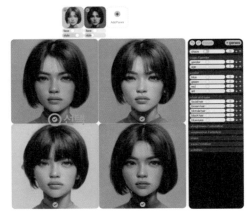

8 **스타일 만들기** ●[홈] 버튼을 눌러 아트브리더 메인화면으로 이동한 후, 이번엔 Mixer의 ❷ [New Image]를 선택한다.

Mixer

Blend together any combination of images and text.

New Image **2**

Browse ↗ Your Mixes ↗

9 [+] 버튼 모양의 [Add something to mix]를 을 클릭한다.

Artbreeder **Mixer**

Add multiple prompts and images.
Mixer will blend them together to create a new image.

Size: 640 ⌄ × 640 ⌄   Count: 3 ⌄   Credits: 0.141 ⚙

Generate

10 Add Input에서 앞서 생성한 얼굴 이미지를 가져오기 위해 ●[My Images] 버튼을 클릭한다. 자신이 생성한 이미지 목록이 나타나면, 학습에 사용할 ❷[이미지를 선택]하여 가져온다. 예시는 앞서 생성한 혼합된 얼굴 이미지이다.

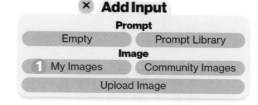

× **Add Input**

Prompt

Empty   Prompt Library

Image

1 My Images   Community Images

Upload Image

Artbreeder **Mixer**

× **Select An Image**

All Tools ⌃   Created ⌃   #tag or Artbreed

11 스타일 라이브러리에서 스타일을 선택하기 위해 [+] 버튼을 클릭한다.

Artbreeder **Mixer**

클릭

Add another input to see how they mix!

Size: 640 ⌄ × 640 ⌄   Count: 3 ⌄   Credits: 0.141 ⚙

Generate

12 Add Input에서 [Prompt Library]를 클릭한다.

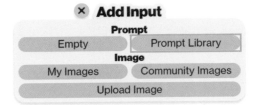

15 프롬프트 입력 창이 열리면, 먼저 ❶[스타일 혼합 강도]를 자신이 원하는 정도로 조절하고, ❷ [Generate]를 선택하여 이미지를 생성한다. 이미지 크기는 기본(640 x 640)으로 하였다.

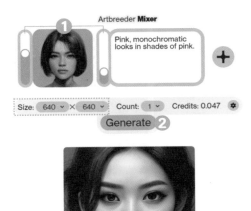

13 주제별 스타일 카테고리가 나타나면, 예시로 [Fashion style]를 선택해 보자.

14 계속해서 방금 선택한 스타일의 전체적인 느낌을 선택한다. 예시로 [Pink]를 선택해 보자.

16 **이미지 저장하기** 이미지가 생성되면, 이제 해당 이미지에서 ❶[우측 마우스 버튼]을 클릭한 후, ❷[이미지를 다른 이름으로 저장]을 선택하여 원하는 위치에 저장한다.

포토샵으로 캐릭터 완성하기

아트브리더를 통해 생성한 캐릭터 이미지를 바탕으로, 포토샵에서 상반신을 디테일하게 완성하는 작업은 매우 중요하다. 이 과정을 통해 캐릭터의 시각적 완성도를 높이고, 설정한 인물 정보와의 일관성을 확보할 수 있다.

1 포토샵에서 아트브리더에서 생성한 ①[이미지를 가져온] 후, 그다음 ②[자르기 도구]를 사용하여 그림처럼 ③[위쪽]과 ④[아래쪽] 영역을 확장한다. 특히 아래쪽은 전체 모습이 표현될 수 있을 정도로 여유있게 확장한다.

2 ①[사각형 선택 도구]를 사용하여 그림처럼 ②[위쪽]과 ③[아래쪽] 영역을 선택한다. [Shift] 키를 눌러 두 영역을 선택할 수 있다.

3 ①[Generative Fill]을 클릭한 후, 프롬프트에 ②[modern dress, blue and pink color]를 입력한다. 그다음 ③[Generate]를 클릭하면 프롬프트에 맞는 이미지가 생성된다. 제너레이티브 필은 [Window] − [Contextual Task Bar]를 선택하여 띄울 수 있다.

4 선택한 위아래 영역에 프롬프트 명령(키워드)에 의한 이미지가 생성 되었다. 여기에서 사실적으로 인물을 더 발전시켜 보자. 생성된 이미지는 원하는 위치에 저장(Ctrl+S)을 해준다.

미드저니로 디자인 발전시키기

미드저니는 AI 기술을 활용하여 사용자가 입력한 텍스트 프롬프트를 바탕으로 고품질의 이미지를 생성해 주는 강력한 도구로, 포토샵에서 완성된 캐릭터 이미지를 미드저니에 업로드하고, 추가적인 텍스트 입력을 통해 디자인을 더욱 발전시킬 수 있다. 이제부터 포토샵에서 완성한 이미지를 보다 세련된 디자인 요소로 발전시켜 보자.

1 미드저니에서 ●[+] 버튼을 누른 후, ❷[파일 업로드]를 선택하여 포토샵에서 만든 이미지를 가져온다.

2 이미지가 업로드 되면, 이미지 위에서 ●[우측 마우스 버튼] - ❷[이미지 주소 복사]를 선택한다.

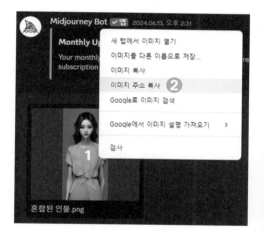

3 복사된 주소를 프롬프트에 ●[붙여넣기(Ctrl+V)]한 후 ❷[엔터] 키를 누른다.

4 링크 주소가 포함된 이미지 창이 나타나면, ●[링크 주소를 복사]한다. 링크 주소는 예시와 과 다를 수 있다.

5 ●[/imagine] 프롬프트를 적용한다. 그다음 복사한 링크 주소를 ❷[붙여넣기(Ctrl+V)]한다. 그리고 뒤쪽에 ❸[다음과 같은 프롬프트]를 입력한 후, ❹[엔터] 키를 눌러 이미지를 생성한다.

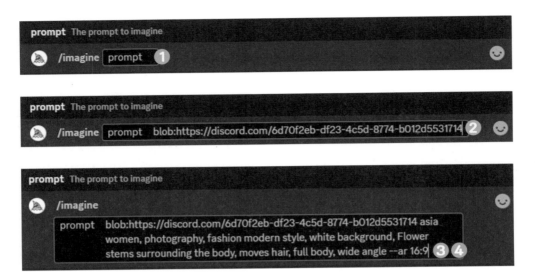

prompt asia women, photography, fashion modern style, white background, Flower stems surrounding the body, moves hair, full body, wide angle --ar 16:9rs, minimalism and a modern touch, trendy and stylish, design reflecting luxury and sophistication

6 그림과 같은 이미지가 생성되었다. 전체적인 느낌은 마음에 들지만, 머리카락이 너무 날리는 것 같아, 프롬프트를 수정하여 다시 생성해 보자.

7 앞서 생성된 이미지 중 예시로, 4번을 사용
하기로 하고, ❶[V4] 버튼을 클릭한다. 리믹스 프
롬프트 창이 열리면, 기존의 프롬프트에서 ❷
[moves hair]를 삭제한 후, ❸[전송] 버튼을 누
른다.

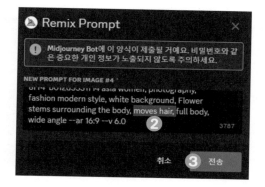

8 새로 생성된 이미지는 다음과 같다. 여기에서 1번 이미지가 마음에 들지만 약간의 변화를 주고 싶
다면, [V1]을 클릭하여 프롬프트에 원하는 키워드를 추가 및 삭제하면 된다.

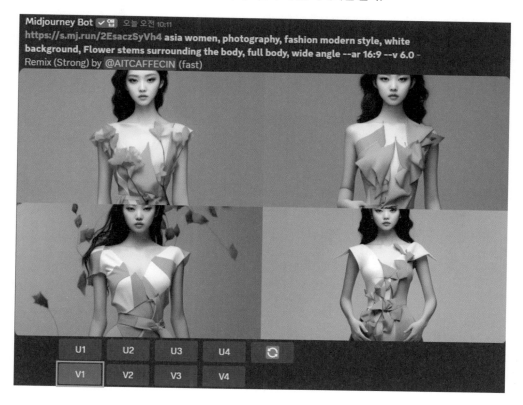

9 꽃과 꽃잎이 몸에 감싸는 프롬프트를 제거하고 [flower stems surrounding the body, model pose]를 추가로 입력하여 [생성]해 보자. 생성된 이미지 중 첫 번째를 예시로 사용하기 위해 [U1]을 클릭하여 업스케일링 한다.

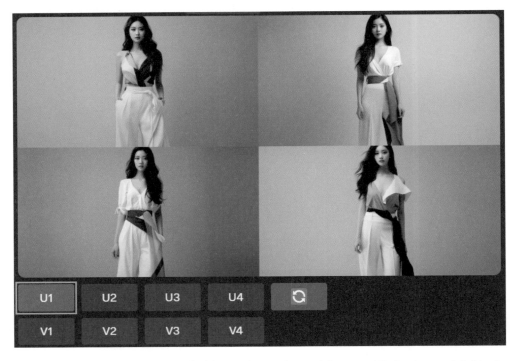

prompt asia women, photography, fashion modern style, model pose, white background, full body, wide angle --ar 16:9

10 업스케일링 된 이미지에 여백을 주기 위해 [Zoom Out 1.5x] 버튼을 클릭하여 모델 주변의 여백이 생기도록 한다.

11 아래 이미지는 최종적으로 생성된 결과물이다. 머리 위쪽의 헤드 룸이 생겼고, 양쪽 공간에도 충분한 여백이 생긴 것을 알 수 있다.

최종적으로 미드저니에서 생성한 이미지(우)와 아트브리더와 포토샵에서 생성한 이미지(좌)를 비교해 보면, 원래의 캐릭터 모습은 크게 변하지 않았지만, 의상 및 헤어 스타일은 완전히 다른 스타일로 변한 것을 알 수 있다.

챗GPT와 미드저니를 활용한 배경 제작하기

블룸글램의 핵심 가치와 정체성을 반영한 배경 이미지를 제작하는 것은 브랜드 아이덴티티를 강화하고, 캐릭터의 성격을 부각시키는 데 매우 중요하다. 챗GPT를 통해 배경 이미지에 포함되어야 할 요소들에 대한 아이디어를 얻고, 미드저니를 사용하여 캐릭터와 자연스럽게 어우러지도록 블렌딩하는 과정을 살펴보기로 하자. 먼저 챗GPT에게 블룸글램의 브랜드 정체성과 캐릭터의 특성을 고려하여, 배경 이미지에 포함되면 좋을 요소들을 다음과 같이 [신선한 꽃, 나무, 잔디, 호수, 또는 자연적인 풍경이 포함된 이미지를 사용하면 좋을 것 같고, 동시에 도시의 조화를 강조하면 좋을 것 같다.]라고 추천해 달라고 요청할 수 있다.

KS **You**
블룸글램의 핵심 가치와 정체성을 반영한 배경 이미지를 만들고 싶어. 어떤 느낌과 요소들을 고려해야할까?

ChatGPT
블룸글램의 핵심 가치와 정체성을 반영한 배경 이미지를 만들기 위해 다음과 같은 느낌과 요소들을 고려할 수 있습니다:

1. **자연의 아름다움과 조화**: 블룸글램은 자연을 기반으로 하는 브랜드로, 배경 이미지에는 자연의 아름다움과 조화를 반영해야 합니다. 예를 들어, 신선하고 다채로운 꽃과 식물이 조화로운 정원이나 자연 풍경을 표현할 수 있습니다.

2. **파스텔 컬러**: 블룸글램의 파스텔 컬러 테마와 어울리는 배경 이미지를 선택하세요. 연한 핑크, 민트 그린, 라벤더 등의 파스텔 컬러가 사용될 수 있으며, 이러한 컬러는 로맨틱하고 부드러운 느낌을 전달합니다.

3. **미니멀리즘과 현대적인 터치**: 블룸글램은 현대적이고 미니멀한 스타일도 강조하므로, 배경 이미지는 미니멀하면서도 세련된 디자인으로 구성할 수 있습니다. 단순한 라인과 현대적인 터치가 브랜드의 현대적인 스타일을 반영합니다.

4. **친환경과 지속 가능성**: 블룸글램은 친환경 제품과 지속 가능한 아름다움을 강조합니다. 이를 반영하기 위해 배경 이미지에 친환경 소재로 만들어진 요소나 지속 가능한 자연환경을 보여줄 수 있습니다.

5. **다양성과 포용성**: 다양성과 포용성은 블룸글램의 가치 중 하나입니다. 따라서 배경 이미지에는 다양한 꽃과 식물 종류, 색상, 크기, 형태 등을 다양하게 표현하여 다양성을 강조하세요.

6. **감각적인 조명과 세팅**: 배경 이미지의 조명과 세팅은 브랜드 메시지를 부각시키는 데 중요합니다. 조명과 세팅을 통해 아름다움과 신선함을 더욱 강조할 수 있습니다.

7. **소셜 미디어 친화적**: 블룸글램은 소셜 미디어와 밀접한 관련이 있는 브랜드입니다. 따라서 배경 이미지는 소셜 미디어에 공유하기에 적합하도록 디자인할 수 있습니다.

– 중략 –

챗GPT에서 제시한 답변을 기본으로 미드저니에서 다음과 같은 프롬프트를 입력하여 다음과 같은 이미지들을 생성할 수 있다.

prompt fresh flowers, trees, grass, or natural scenery, harmony between nature and city

생성된 두 이미지를 보면 뒤쪽에 도시의 모습, 앞쪽엔 꽃과 나무가 풍성한 자연 이미지들이 표현되었다. 이제 미드저니의 블렌드(Blend) 기능을 활용하여 인물과 배경을 자연스럽게 합성해 보자.

1 **인물과 배경 합성하기** 미드저니에서 ❶[/] –
❷[/Blend]를 명령어를 선택한다.

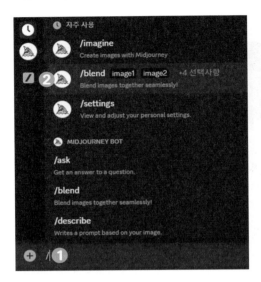

2 [image1]과 [2]에 배경으로 사용될 이미지
와 인물 이미지를 가져온다. 배경 이미지는 앞서
생성한 이미지 중에 하나를 저장하여 사용하면
되며, 학습자료 폴더에 있는 [배경 이미지1]을 사
용하면 된다.

3 ❶[image1]과 ❷[2]에 사용될 이미지가 적
용되면, ❸[엔터] 키를 누른다.

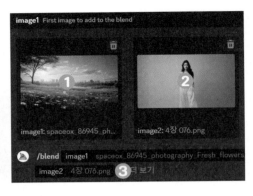

4 인물과 배경이 합성된 이미지가 생성되었다
면, 예시로 사용될 이미지는 도시와 자연이 잘
보이고, 인물이 어색하지 않은 [V2]를 선택해 본
다.

5 리믹스 프롬프트 창이 열리면 추가로 다음
과 같은 프롬프트를 입력한 후 [전송] 버튼을 누
른다. 위아래 여백을 없애기 위해 비율을 4:3으
로 설정하였다.

prompt fashion photography, pink and blue dress, city --ar 4:3

6 블룸글램을 표현하고자 하는 느낌과 요소들이 적절히 반영이 된 상태이다. 예시로 사용하기 위해 [U4] 버튼을 클릭하여 업스케일링 한다.

7 업스케일링 된 이미지의 [Zoom out 1.5x] 버튼을 클릭하여 배경 영역을 확장한다.

8 배경이 확장된 4개의 이미지가 생성되면, 최종적으로 사용할 이미지를 선택하자. 여기에서는 예시로 두 번째 이미지(U2)를 업스케일링 한다.

9 다음의 이미지는 최종적으로 생성된 결과물이다. 머리 위쪽의 공간과 양쪽 공간에도 충분한 배경 이미지가 생긴 것을 알 수 있다.

애니메이션 제작을 위해서는 캐릭터의 다양한 각도와 모습이 필요하다. 이는 움직임과 표현의 자연스러움을 위해 필수적인 요소이다. 그러나 미드저니를 사용하여 완벽하게 동일한 의상, 얼굴을 가진 이미지를 생성하는 것은 현실적으로 어렵기 때문에, 만약 캐릭터의 일관성을 완벽하게 유지하면서 다양한 포즈와 각도의 이미지를 생성하고자 한다면, 스테이블 디퓨전과 같은 다른 AI 도구를 활용할 수 있다. 이에 대한 자세한 내용은 관련 자료를 참고해야 한다. 본 저서에서는 미드저니를 사용하여 비슷한 수준의 캐릭터 이미지를 제작하고, 이를 애니메이션으로 연결하는 방법에 초점을 맞추고 있기 때문이다. 물론, 본 저서를 통해 완벽한 일관성은 아니지만 시각적으로 유사한 캐릭터 이미지를 다양한 각도로 생성하는 것만으로도 충분히 매력적인 애니메이션을 제작할 수 있다.

다양한 각도의 이미지 생성하기

이번에는 앞서 제작한 최종 캐릭터 이미지를 미드저니에 업로드하고, 프롬프트를 활용하여 다양한 각도와 포즈의 이미지를 생성해 보기로 하자.

1 미드저니에서 ❶[+] 버튼을 누른 후, ❷[파일 업로드]를 선택하여 앞서 미드저니에서 만든 이미지를 가져온다.

2 업로드 되면, 이미지 위에서 ❶[우측 마우스 버튼] – ❷[이미지 주소 복사]를 선택한다.

4 링크 주소가 포함된 이미지 창이 나타나면, ❶[링크 주소를 복사]한다.

3 복사된 주소를 프롬프트에 ❶[붙여넣기(Ctrl+V)]한 후 ❷[엔터] 키를 누른다.

5 ❶[/imagine] 프롬프트를 적용한다. 그다음 복사한 링크 주소를 ❷[붙여넣기(Ctrl+V)]한다. 그리고 뒤쪽에 ❸[다음과 같은 프롬프트]를 입력한 후, ❹[엔터] 키를 눌러 이미지를 생성한다.

prompt side view, asia face, pink and blue dress, full body, women jump, wide angle --ar 16:9

6 다음은 방금 생성한 첫 번째 프롬프트(side view, asia face, pink and blue dress, full body, women jump, wide angle)의 역동적인 결과물이다.

7 이번에는 차분한 느낌의 프롬프트(side view, asia face, pink and blue dress, full body, wide angle)를 작성해서 이미지를 생성해 보자.

prompt side view, asia face, pink and blue dress, full body, wide angle --ar 16:9

8 마지막으로 드레스가 날리지 않은 프롬프트(side view, pink and blue dress, full body, wide angle)를 작성해서 이미지를 생성해 보자.

prompt side view, pink and blue dress, full body, wide angle --ar 16:9

프롬프트의 작성은 미드저니와 같은 생성형 AI에서 가장 중요한 부분 중 하나이다. 프롬프트에 사용된 단어, 문구, 문법 등이 생성되는 이미지의 스타일, 구도, 분위기 등에 직접적인 영향을 미치기 때문이다. 따라서 원하는 결과를 얻기 위해서는 반복적인 학습과 실험을 통해 프롬프트 작성 실력을 향상시켜야 한다. 미드저니에서 이미지를 업로드하고 링크를 복사하여 프롬프트에 활용하는 것은, 기존 이미지와 유사하면서도 약간의 변화를 주는 효과적인 방법이다. 이를 통해 원본 이미지의 특징을 최대한 유지하면서도, 다양한 스타일이나 분위기를 연출할 수 있다.

아트브리더와 미드저니는 각각 고유한 기능과 장점을 가지고 있다. 아트브리더는 이미지 간의 조합과 혼합에 특화되어 있어, 사용자의 창의적인 아이디어를 바탕으로 독특한 가상 인물을 생성할 수 있다. 반면 미드저니는 자연어 프롬프트를 통해 보다 구체적이고 세부적인 이미지 생성이 가능하며, 사용자의 의도를 명확히 반영할 수 있다. 이 두 플랫폼을 효과적으로 활용하면, 사용자의 상상력과 창의성을 자극하는 가상 인물을 생성할 수 있으며, 실제 인물과 유사한 이미지부터 완전히 새로운 캐릭터까지 다양한 스펙트럼의 결과물을 얻을 수 있다. 이렇게 생성된 가상 인물은 예술 작품, 게임 캐릭터, 소설의 등장인물 등 다양한 분야에서 활용될 수 있으며, 창작 활동에 새로운 영감을 불어넣을 수 있다.

애니메이션 만들기: 피카인 활용

런웨이는 비디오, 이미지, 음성 등 다양한 미디어 콘텐츠의 생성, 편집에 강력한 툴이라면, 피카 (Pika)는 이미지 등을 생성하고 수정할 수 있는 플랫폼이다. 굳이 장단점을 이야기하자면, 피카는 주로 디자인과 비주얼 콘텐츠 생성에 초점을 맞춘 반면, 런웨이는 더 광범위한 미디어 작업을 위한 고급 도구와 기능을 제공한다. 또한, 피카는 사용의 용이성과 디자인 작업에 특화되어 있는 반면, 런웨이는 더 복잡한 미디어 작업과 창의적인 실험을 가능하게 하는 광범위한 기능을 가지고 있어, 사용 목적에 따라 적합한 플랫폼을 선택하는 것이 중요하다.

피카는 런웨이보다 사용법이 간단하다. 피카의 사용법에 대해 간단하게 살펴보기 위해 구글에서 [Pika]로 검색하거나 인터넷 주소 창에 [https://pika.art]를 입력하여 직접 웹사이트로 들어간다.

Pika
https://pika.art ⋮

Pika 클릭

Pika lets you breathe new life into existing video. Modify anything in the frame or change the style on a whim.

피카 시작 화면이 열리면 회원가입을 위해 [Try Pika(피카를 사용해 보세요)] 버튼을 클릭한다.

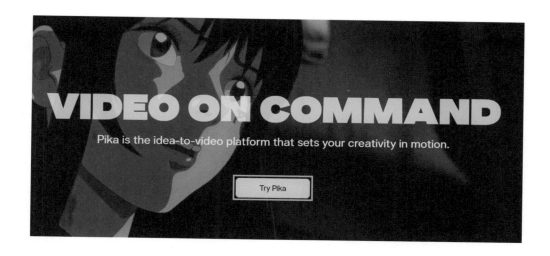

피카 회원가입을 위해 구글 및 디스코드로 쉽게 회원가입을 할 수 있다. 필자는 [구글 계정]으로 회원가입 및 로그인을 하였다.

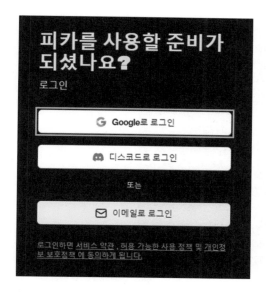

피카는 무료로 사용할 수 있지만, 1일 2크레딧이 제공하여 몇 개의 작업만 가능하며, 기능 또한 제안되어 있다. 그러므로 다양한 작업과 실무적인 활용을 위해서는 유료 버전을 구독해야 한다. 유료 구독을 위해서는 우측 상단의 [Upgrade] 버튼을 선택한 후 원하는 구독 방식을 선택하여 결제하면 된다.

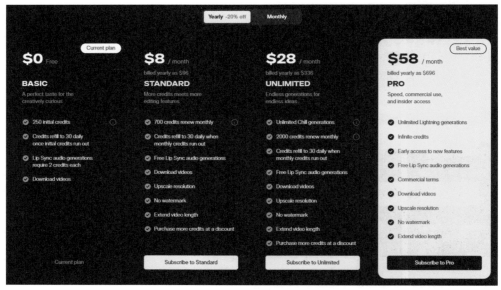

각자 상황에 맞는 구독 유형을 사용하기로 하고, 여기에서는 일단 기본 기능에 대해 살펴보기 위해 이전 화면(메인화면)으로 이동한다. 좌측 상단의 [Pika] 로고를 클릭하면 된다.

피카 기본 기능 살펴보기

영어로 입력하다 보면 가끔 번역기를 사용하는 경우가 있는데 이 경우 미드저니에게 정확한 의미 전달이 안되는 경우가 있어 이 경우 번역된 결과물을 꼼꼼히 살펴보고 때로는 좀 더 정확한 의미의 단어로 바꾸거나 또는 강조를 위하여 단어의 순서를 재배치해야 한다. 텍스트에 미세한 변화를 주어도 전혀 다른 이미지를 만들어 내는 것을 잊지 말기 바란다.

Describe your story (프롬프트) 영상 생성을 위한 프롬프트를 입력할 수 있다.

Image or video 이미지나 비디오를 업로드할 수 있다.

Style 생성할 영상에 대한 스타일을 선택할 수 있다. 피카에서는 애니, 무디, 3D, 워터컬러, 네추럴, 흑백 스타일 등을 선택할 수 있다.

Sound effects 오디오 효과를 적용할 수 있다.

Advanced options 어드밴스 옵션에서는 카메라 컨트롤, 화면 비율, 부정문 프롬프트, 시드 값을 설정할 수 있는 기능을 제공한다.

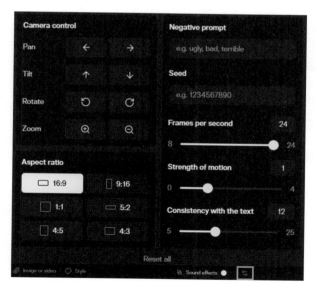

Camera control 카메라 모션을 좌우, 위아래, 회전, 줌 인아웃 되는 카메라 모션을 설정할 수 있다.

Aspect ratio 영상의 가로 세로 비율을 조정할 수 있다. 16:9, 4:3, 1:1 등 다양한 비율 옵션을 제공한다.

Negative prompt 원치 않는 요소나 스타일을 제외시키는 프롬프트를 입력할 수 있다. 예를 들어, "low quality, blur, grainy" 등을 입력하면 저품질이나 블러, 그레인 효과를 방지할 수 있다.

Seed 이미지 생성에 사용되는 초기값(seed)을 설정할 수 있다. 동일한 프롬프트와 seed 값을 사용하면 같은 결과를 얻을 수 있어 일관성 있는 이미지 생성이 가능하다.

Frame per second 영상의 초당 프레임 수를 설정할 수 있다. 일반적으로 24fps, 30fps 등을 사용하며, 높은 fps는 보다 부드러운 영상을 만들어낸다.

Strength of motion 카메라 모션의 강도를 조절할 수 있다. 값이 높을수록 더 강한 움직임이 적용된다.

Consistency with the text 입력한 텍스트 프롬프트와 생성된 이미지 간의 일관성 정도를 설정할 수 있다. 값이 높을수록 프롬프트에 더 충실한 이미지가 생성된다.

단편(30초) 애니메이션 제작

AI 기술의 발전으로 이제 전문가 수준의 애니메이션 제작이 훨씬 더 쉽고 접근 가능해졌다. 컨셉 설정부터 스토리 구성, 캐릭터 디자인, 배경 제작, 애니메이션, 편집, 사운드까지 전 과정을 AI 도구를 활용하여 진행할 수 있다. 먼저, 애니메이션의 핵심 아이디어와 전달하고자 하는 메시지를 정의하는 것이 중요하며, 이를 바탕으로 챗GPT와 같은 AI 도구를 활용하여 스토리 구조와 대본을 작성할 수 있다. 다음으로, 앞서 학습한 바와 같이 아트브리더, 미드저니, 피카 등의 AI 도구를 사용하여 캐릭터와 배경 디자인을 제작할 수 있다.

스토리 기획하기: 그래비티 라이트 활용

애니메이션 스토리는 시청자와의 감정적 연결, 메시지 전달, 브랜드 아이덴티티 구축 등에 핵심적인 역할을 하므로 작품의 완성도와 성공에 매우 중요한 요소이다. AI 기술을 활용한 그래비티 라이트 (Gravity write) 서비스는 영상 제작에 필요한 기획과 구성안 작성을 가이드해 주는 솔루션이다. 이 서비스는 영상 제작에 대한 기초 지식이 없는 사람들도 어디서부터 어디까지 준비해야 하는지, 처음에 무엇을 해야 할지 등에 대한 나름의 해결책을 제공한다. 이 서비스를 이용하기 위해서는 구독이 필요하며, 가입 직후 처음 사용할 때는 2,000자까지 무료로 이용할 수 있다. 살펴보기 위해 구글에서 [Gravity write]로 검색하거나 [https://gravitywrite.com]에 직접 접속한다.

Fast AI Content - AI Content Creator - AI Content in Seconds

Use AI to create high-quality content for blogs, ads, emails, and social media in seconds. Boost your clicks, conversions, and sales with GravityWrite. Multiple Languages. Speed Up Content Creation. Boost Your Conversions.

그래비티 라이트의 회원가입을 위해 [지금 등록하세요(Sing up Now)] 버튼을 누른 후, 구글 계정으로 간편하게 회원가입을 할 수 있다.

대본(스토리) 생성하기

먼저 애니메이션 스토리와 대본을 생성하기 위해 메인화면에서 ❶[Film Making Tools]의 ❷[AI Film Script Writer]를 선택한다. AI Film Script Writer는 애니메이션 제작에 필요한 스토리와 대본을 AI 기술을 활용하여 효율적이고 창의적으로 생성할 수 있으며, 이를 통해 초보자도 전문가 수준의 스토리 구조와 대사를 쉽게 만들어낼 수 있다.

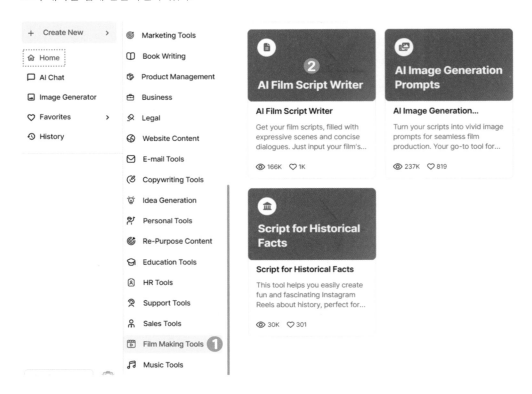

AI 영화 각본가에서 영화(애니메이션) 장르, 스타일, 시간, 스토리를 간단하게 채워넣는다. 예시로, 다음과 같이 한국어를 영문으로 번역해서 입력해 보자. 한 줄 스토리는 선택 사항이지만 짤막한 스토리를 넣으면 보다 정확한 스토리를 생성해 준다. 모든 입력이 끝나면, [Greate Content] 버튼을 클릭한다.

영화 장르 판타지 [Fantasy]

영화 스타일 3d animation

영화 상영 시간 30second

한 줄 스토리 호송대를 강탈한 다람쥐 형제! [The squirrel brothers robbed the convoy!]

그러면 아래 예시처럼 입력한 내용에 맞는 스토리(각본)가 생성된 것을 알 수 있다.

다음의 각본은 앞서 생성한 스토리를 수정한 구성안이다. 아직 완벽하지는 않지만 여러 번 수정을 거듭한다면 꽤 완성도 높은 창작물이 가능하다.

제목: 다람쥐 형제의 습격

[고요한 숲속에 햇빛이 나무 사이로 스며들어 환상적인 분위기를 연출합니다.]
[어린 다람쥐 조니는 장난꾸러기 형인 바비와 함께 나뭇가지 사이를 뛰어다닙니다.]
[귀중한 물건을 실은 화려한 호송대와 무장한 쥐들이 지키고 있는 호송대에 조심스럽게 다가갑니다.]
[현장을 둘러보면서 조니의 눈은 흥분으로 커졌습니다.]
[장갑 쥐들은 다가오는 다람쥐들을 모르고 부지런히 호송대를 순찰합니다.]
[형제들은 속삭이며 다짐합니다.]
[조니와 바비는 움직이기 전에 서로를 바라봅니다.]
[그들은 장갑 쥐들 사이를 능숙하게 돌진하며 한순간도 놓치지 않습니다.]
[조니는 보석과 금으로 장식된 보물 상자를 발견합니다.]
[조니의 발이 가슴 위로 맴돌자 그의 눈은 기대감으로 빛납니다.]
[형제는 보석들을 발견하며 놀라움을 표현합니다.]
[그들은 재빨리 보석과 금 한 줌을 집어 주머니에 쑤셔 넣습니다.]
[조니가 빛나는 보석을 하나 더 움켜쥐자 그의 발 아래에 나뭇가지가 찰칵 소리를 냅니다.]
[장갑 쥐들이 얼어붙어 소음에 주의합니다.]
[조니와 바비는 걱정스러운 눈빛을 교환한 후 원래 숨어 있던 곳으로 돌진합니다.]
[장갑 쥐들이 보물 상자를 둘러싸고 주변을 스캔합니다.]
[무장 생쥐들은 인기척에 주변을 살피고는 아무 일도 없는 표정을 짓습니다.]
[다람쥐들이 일제히 안도의 한숨을 내쉽니다.]
[잎사귀 사이로 위장한 조니와 바비가 무장한 쥐들이 흩어지는 것을 지켜봅니다.]
[조니와 바비가 훔친 보물을 공개하며 승리의 순간을 공유합니다.]
[보물을 들고 숲속으로 사라지며 장난스러운 눈빛을 주고받습니다.]
[화면이 검게 변합니다.]
[끝]

이미지 프롬프트 생성하기

이번에는 방금 생성한 구성안을 기준으로 스토리에 대한 이미지(스토리 보드로 활용)를 생성해 주는 방법에 대해 알아보도록 하자. 메인화면에서 스토리 생성을 위해 사용했던 ❶[Film Making Tools]에서 ❷[AI Images Generation Prompt]를 선택한다.

◎ Marketing Tools	
▭ Book Writing	
⬡ Product Management	

◎ Marketing Tools

▭ Book Writing

⬡ Product Management

🗎 Business

⚖ Legal

🌐 Website Content

✉ E-mail Tools

✍ Copywriting Tools

💡 Idea Generation

👤 Personal Tools

♺ Re-Purpose Content

🗨 Education Tools

👤 HR Tools

👤 Support Tools

👤 Sales Tools

🎬 Film Making Tools

♫ Music Tools

⋯ Extras

AI Film Script Writer

Get your film scripts, filled with expressive scenes and concise dialogues. Just input your film's...

👁 166K   ♡ 1K

AI Image Generation...

Turn your scripts into vivid image prompts for seamless film production. Your go-to tool for...

👁 237K   ♡ 819

Script for Historical Facts

This tool helps you easily create fun and fascinating Instagram Reels about history, perfect for...

👁 30K   ♡ 301

AI 이미지 생성 프롬프트에서 영화(애니메이션) 장르, 스타일, 비디오 스크립트를 채워넣는다. 예시로, 다음과 같이 한국어를 영문으로 번역해서 입력해 보자. 비디오 스크립트는 최소 100 글자 이상 입력해야 하기 때문에 앞서 생성된 전체 스토리를 사용하면 된다. 모든 입력이 끝나면, [Greate Content] 버튼을 클릭한다.

영화 장르 판타지 [Fantasy]

영화 스타일 3d animation

비디오 스크립트 프롬프트를 위한 스토리 입력, 앞서 생성되 구성안의 각 스토리를 복사하여 사용.

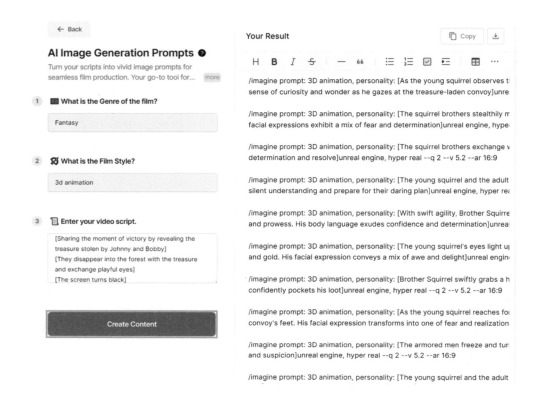

프롬프트 이미지를 생성하기 위해서는 브라우저가 영문화되어 있어야 애러가 발생되지 않고 안정적으로 프롬프트를 생성한다는 것을 참고하자. 생성된 결과를 보면 미드저니에서 사용할 수 있는 완벽한 프롬프트가 작성된 것을 알 수 있다. 이제 이 각각의 프롬프트를 복사하여 미드저니에서 이미지를 생성해 보기로 하자. 참고로 그래비티 라이트에서 생성된 미드저니 프롬프트는 별도의 [/] - [imagine] 명령어를 선택하지 않고, 직접 프롬프트에 붙여넣기하여 이미지를 생성할 수 있다.

#.1 [고요한 숲 속에 햇빛이 나무 사이로 스며들어 환상적인 분위기를 연출한다]

prompt 3d animation, personality: [the opening shot reveals a serene forest scene with sunlight streaming through the trees, creating a magical atmosphere. the camera slowly pans across the scene, capturing the beauty and tranquility of nature unreal engine, hyper real --v 5.2 --ar 16:9]

#.2 [어린 다람쥐 장난꾸러기 형 다람쥐와 함께 나뭇가지 사이를 뛰어다닌다]

prompt 3d animation, personality: [two squirrels running through the forest] unreal engine, hyper real, top down view --v 5.2 --ar 16:9]

#.3 [보물 한가득 실은 화려한 호송대와 무장한 호송대에 다람쥐 형제는 조심스럽게 다가간다]

prompt 3d animation, personality: [in the forest, a splendid convoy loaded with treasure. unreal engine, hyper real --v 5.2 --ar 16:9]

#.4 [현장을 둘러보면서 어린 다람쥐 눈은 감동스러운 눈빛으로 변했다]

prompt 3d animation, personality: [two squirrels running through the forest] unreal engine, hyper real, top down view --v 5.2 --ar 16:9]

#.5 [호송대를 지키는 무장단은 형제 다람쥐들이 다가오는 것을 모르고 부지런히 호송대를 순찰한다]

prompt 3d animation, personality: [armed men with weapons guarding the front of the convoy, close up shot --ar 16:9 --v 5.2]

#.6 [다람쥐 형제는 속삭이며 다짐한다]

prompt 3d animation, personality: [the squirrel brothers whisper and promise] unreal engine, hyper real --v 5.2 --ar 16:9]

#.7 [형제 다람쥐는 무장한 사람들 사이를 능숙하게 돌진하며 한 순간도 놓치지 않는다]

prompt 3d animation, personality: [in the forest, between the man's legs] close up shot, unreal engine, hyper real --v 5.2 --ar 16:9]

#.8 [어린 다람쥐는 보석과 금으로 장식된 보물 상자를 발견한다]

prompt 3d animation, personality: [capture a close-up shot of the young squirrel's eyes lighting up with excitement as he discovers the treasure chest. his expression should convey a mix of joy, wonder, and anticipation.] unreal engine, hyper real --v 5.2 --ar 16:9]

#.9 [다람쥐 형제는 재빨리 보석과 금 한 줌을 집어 주머니에 넣는다]

prompt 3d animation, personality: [squirrel puts some jewels and gold into his bag pocket] unreal engine, hyper real --v 5.2 --ar 16:9]

#.10 [어린 다람쥐가 빛나는 보석을 하나 더 움켜쥐자 호송대 발 아래에 나뭇가지를 밟는다]

prompt 3d animation, personality: [stepping on the ground person foot] forest, unreal engine, hyper real --v 5.2 --ar 16:9]

#.11 [어린 다람쥐가 어른 다람쥐는 걱정스러운 눈빛을 교환한 후 원래 숨어 있던 곳으로 돌진한다]

prompt 3d animation, personality: [show the young squirrel and the adult squirrel in a medium close-up, exchanging worried glances as they retreat back to their hiding spot. their faces should reflect a mix of fear and determination.] unreal engine, hyper real --v 5.2 --ar 16:9]

#.12 [무장한 사람들이 보물 상자를 둘러싸고 주변을 스캔한다]

prompt 3d animation, personality: [armed men surround the treasure chest and scan the surroundings] unreal engine, hyper real --v 5.2 --ar 16:9]

#.13 [형제 다람쥐는 일제히 안도의 한숨을 내쉰다]

prompt 3d animation, personality: [capture a medium close-up shot of the squirrel brothers collectively sighing in relief, their faces showing a mix of relief and suppressed excitement. the shot should capture their shared sense of relief and victory.] unreal engine, hyper real --v 5.2 --ar 16:9]

#.14 [잎사귀 사이로 위장한 형제 다람쥐는 무장한 사람들이 흩어지는 것을 지켜본다]

prompt 3d animation, personality: [armed men scatter, close up shot --ar 16:9 --v 5.2]

#.15 [보물을 들고 숲 속으로 사라지며 장난스러운 눈빛을 주고 받는다]

prompt 3d animation, personality: [show the squirrel brothers sharing playful glances, their faces filled with mischief and satisfaction as they vanish into the forest with their stolen treasure. the shot should evoke a sense of triumph and camaraderie.] unreal engine, hyper real --q 2 --v 5.2 --ar 16:9]

비디오 생성하기: 피카 활용

피카를 사용하여 미드저니 이미지 시퀀스를 움직이는 영상으로 제작하면, 스토리보드 단계에서 구상한 내용을 보다 생동감 있게 구현할 수 있으며, 카메라 모션과 장면 전환 효과를 통해 시각적 흥미를 유발하고, 프롬프트와 설정을 조정하여 원하는 분위기와 스타일을 연출할 수 있다. 이제 앞서 미드저니에서 이미지로 제작한 15개의 시퀀스들을 피카(Pika)를 사용하여 각 장면을 움직이는 영상으로 만들어보기로 하자.

1 피카에서 [Image or video] 버튼을 클릭한후, 앞서 미드저니에서 생성한 첫 번째 장면 이미지를 가져온다. 학습자료 폴더에서 [만화 장면 1]을 사용해도 된다.

2 업로드된 이미지에 움직이는 빛 줄기 효과를 적용하기 위해 프롬프트에 [ray of light, cinematic lighting]을 입력한다.

3 초당 몇 프레임으로 정할 것인지 선택해 보자. [Advanced options] 버튼을 누르고, Frames per second가 24프레임으로 되었는지 확인한다. 24프레임은 애니메이션의 기본 프레임 개수이며, 앞으로도 계속 24프레임을 사용하기로 한다.

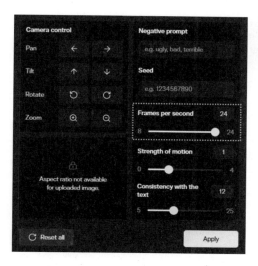

4 어드밴스 옵션 창이 열린 상태에서 줌인 효과를 적용해 보자. 예시로, 커지는 효과를 위해 ❶[+]를 클릭하여 활성화한다. 부정문 프롬프트와 시드는 기본 상태로 ❷[Apply] 버튼을 누른다.

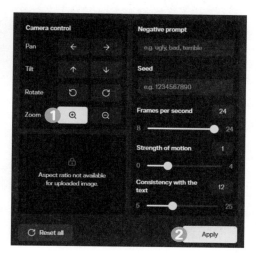

5 이제 프롬프트와 설정된 효과에 맞는 영상을 생성하기 위해 [Generate] 버튼을 누른다.

6 완성된 비디오를 보면, 이미지 속 장면을 완벽한 애니메이션으로 표현된 것을 알 수 있다. 이제 생성된 영상을 [다운받기] 버튼을 눌러 저장해 준다.

살펴본 것처럼 피카를 사용하면 몇 초만에 이미지 속 장면을 분석하여 훌륭한 애니메이션 장면을 생성하는 것을 알 수 있다. 이제 나머지 14장의 시퀀스 이미지를 같은 방법으로 동영상으로 만들어 준다. 이후, 후반 작업으로 비디오 편집기로 시퀀스를 연결하고, 사운드를 적용하는 시간을 가져보도록 하자.

시퀀스 연결하기: 캡컷 활용

시퀀스의 연결은 애니메이션 제작 과정에서 중요한 마무리 단계이다. 여기에서는 캡컷(CapCut)을 사용하여 간단한 편집 작업을 할 것이다. 캡컷은 무료 비디오 편집 앱으로, 특히 짧은 형식의 동영상을 제작하는 데 최적화되어 있어 많은 사랑을 받고 있다. 사용하기 쉬운 인터페이스와 다양한 편집 기능 덕분에 초보자부터 전문가까지 누구나 손쉽게 사용할 수 있기 때문에 앞서 피카에서 생성한 개별 장면들을 하나의 이야기로 엮어내고, 음악과 효과를 입혀 감성을 불어넣을 수 있다.

캡컷을 사용하기 위해 인터넷 주소 창에 [www.capcut.com]을 입력하거나 구글에서 [캡컷]으로 검색하여 들어갈 수 있다.

AI 기반의 올인원 동영상 에디터 및 그래픽 디자인 도구 - CapCut

CapCut은 AI 기반의 올인원 크리에이티브 플랫폼으로, 브라우저, Windows, Mac, Android, iOS에서 동영상 편집과 이미지 디자인을 지원합니다.

캡컷 메인화면이 열이면, 그림처럼 회원가입을 할 수 있도록 [가입하기] 메뉴가 활성화된다. 먼저 캡컷을 사용하기 위해 회원가입을 하자. 필자는 구글 계정으로 간편하게 회원가입을 하였다. 참고로 캡컷을 온라인 상에서 사용이 가능하지만, PC에 설치해서 사용할 수도 있다.

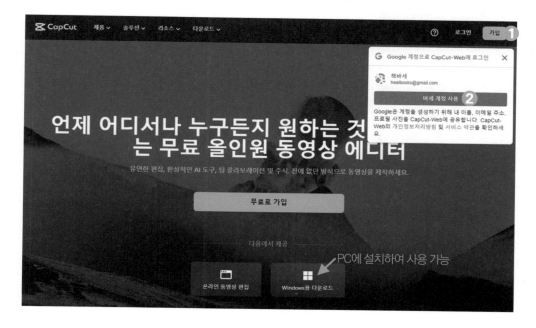

새로운 편집 창을 만들기 위해 좌측 상단의 ❶[+ 새로 만들기]에서 ❷[16:9]를 선택한다. 앞서 피카에서 생성한 화면 비율이 16:9이기 때문이다.

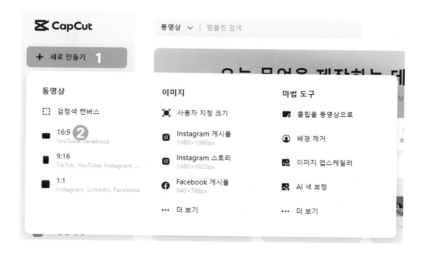

새로운 편집 창이 열리면 [+] 모양의 업로드 버튼을 클릭한 후, 앞서 피카에서 생성한 15개의 모든 비디오 파일을 가져온다. 사용할 파일을 직접 끌어다 적용해도 된다.

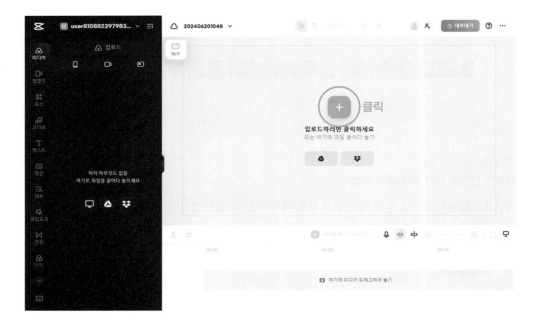

가져온 15개의 장면을 장면 순서에 맞게 차례대로 타임라인에 갖다 놓는다. 참고로 편집 작업은 전문 비디오 편집 툴인 프리미어 프로를 주로 사용하지만, 지금은 시퀀스를 배치하는 정도의 작업만 할 것이기 때문에 캡컷으로도 충분하다.

　AI 이미지 영상 디자인 합성

타임라인에 적용된 시퀀스 클립의 시작점과 끝점을 좌우로 조절하여 장면에 대한 컷 편집을 할 수 있다. 이와 같은 방법을 활용하여 예시처럼 자신이 원하는 컷 편집을 해보자.

정교한 편집을 위한 확대/축소 방법

캡컷과 같은 비디오 편집 툴에서는 장면을 확대/축소하여 디테일한 편집, 반대로 러프한 편집을 쉽게 하기 위해 타임라인 확대/축소 기능을 제공한다. 캡컷은 타임라인 우측 상단의 [+], [−] 버튼을 클릭하여 설정할 수 있다.

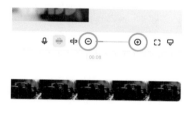

오디오 생성하기: 수노 활용

애니메이션을 완성하는 마지막 단계로, AI 기술을 활용하여 배경음악(BGM)을 생성하고 영상에 삽입해 보자. 이를 위해 수노(Suno.ai)라는 도구를 사용할 것이다. 수노는 인공지능을 사용하여 사용자의 필요에 맞는 맞춤형 오디오를 생성해 주는 플랫폼으로, 음악, 음향 효과, 내레이션 등 다양한 종류의 오디오를 제작할 수 있으며, 직관적인 인터페이스로 초보자도 쉽게 사용할 수 있다. 수노를 사용하기 위해 인터넷 주소 창에 [http://App.suno.ai]을 입력하거나 구글에서 [수노]로 검색하여 들어갈 수 있다.

Suno
https://suno.com ⋮

Suno 클릭

Suno is building a future where anyone can make great music.
ExploreBeta · My account · About · Golden Sunshine 윤아

수노의 회원가입 및 로그인 방식은 독특하다. 먼저 회원가입을 위해 수노 메인화면의 좌측 상단에 있는 [Create] 버튼을 누른다. 크리에이트 버튼은 새로운 곡을 만들 때 사용된다.

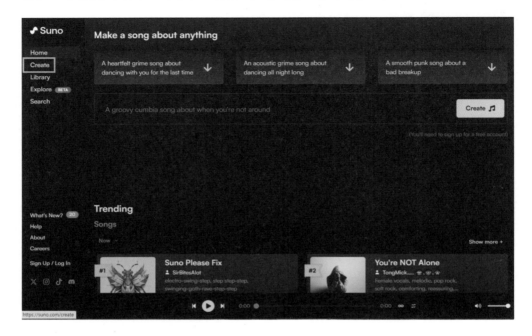

회원가입 창이 뜨면, 디스코드, 구글, MS 계정으로 회원가입을 간편하게 할 수 있다. 필자는 구글 계정으로 회원가입(로그인)을 하였다.

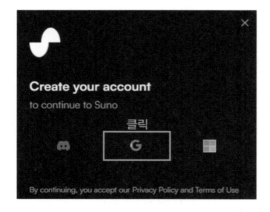

로그인(회원가입)에 성공하면 그림처럼 수노의 전체화면과 좌측 상단에 곡 설명에 대해 작성할 수 있는 [Song Description] 프롬프트 창이 뜬다.

1 **배경음악 만들기** 애니메이션과 관련된 '다람쥐 형제의 보석 습격'을 다음과 같이 ❶[the squrrrel brother's jewel raid] 영문 프롬프트로 입력한 후, ❷[Create] 버튼을 클릭한다.

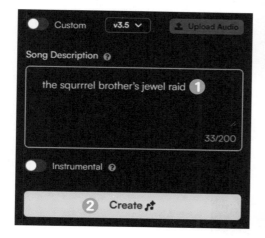

2 음악이 생성되면, 하나씩 선택해 들어 보자. 참고로 필자는 동일한 프롬프트로 한 번 더 음악을 생성하였다.

3 들어 본 음악 중 가장 마음에 드는 곡의 우측 ❶[메뉴] – ❷[Download] – ❸[Audio] 메뉴를 선택하여 다운로드 받는다.

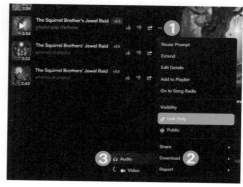

4 다시 캡컷으로 돌아가서, 방금 만든 음악 파일(wav, mp3)을 가져와 [더블클릭]한다. 그러면 자동으로 타임라인으로 적용된다.

5 적용된 오디오 클립의 자를 위치에 ❶[시간(타임 바)]를 위치한 후, 마우스 커서를 갖다 놓으면 나타나는 ❷[분할] 메뉴를 선택한다.

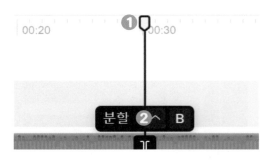

6 그러면 해당 지점의 오디오 클립이 두 개로 잘린다.

7 잘려진 두 클립의 사운드 연결을 자연스럽게 해주기 위해 페이드 효과를 적용해 보자. 잘려진 클립 중 ❶[앞쪽 클립의 끝점을 선택]한 후 나타나는 설정 창에서 페이드 아웃 시간을 ❷ [4초]로 설정한다.

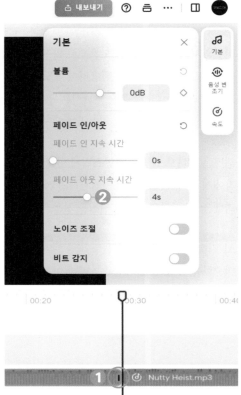

8 작업한 내용을 저장하기 위해 우측 상단의 **❶**[내보내기] 버튼을 클릭한 후, **❷**[다운로드] 버튼을 클릭하여 오디오 파일을 만들어 준다.

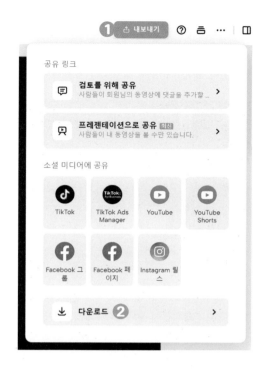

컨셉과 내용 구성을 AI의 도움으로 완성하고, 이미지 생성과 비디오 제작, 그리고 분위기에 어울리는 음악까지 모두 AI 기술을 활용하여 제작해 보았다. 처음부터 끝까지 AI로 완성된 작품을 보면, 더욱 정교하고 전문적인 결과물을 위해서는 숙련된 전문가의 기술이 필요할 것이다. 그러나 이제 일반인들도 이 정도 수준의 작품을 단시간 내에 제작할 수 있게 되었다는 사실이 놀랍기만 하다.

캡컷은 비디오 클립을 자연스럽게 연결하고, 전문적이면서도 창의적인 영상을 제작하고자 하는 사용자에게 최적화된 도구이다. 직관적인 사용법, 다양한 기능, 그리고 무료로 이용 가능한 접근성 등을 고려했을 때, 캡컷은 비디오 편집을 처음 시작하는 사람들에게 매우 훌륭한 선택지가 될 것이다.

AI 기술의 발전은 일반인들도 고품질의 콘텐츠를 제작할 수 있는 환경을 조성하고 있다. 이는 창작의 대중화를 가속하고, 더 많은 사람들이 자신의 아이디어를 시각화할 수 있는 기회를 제공한다. 앞으로도 AI와 사용자 친화적인 도구들의 발전은 콘텐츠 제작 산업에 혁신을 가져올 것이며, 우리는 그 변화의 중심에 서 있는 것이다.

무한 표현을 위한 소라에 대하여

오픈AI에서 최근 공개한 Text to video 모델인 소라(Sora)는 영상 업계에 혁신을 불러일으킬 수 있는 게임 체인저로 평가받고 있다. 소라는 사용자가 입력한 프롬프트를 기반으로 최대 1분 길이의 영상을 생성할 수 있는 강력한 모델로, 기존의 피카나 런웨이, 젠-2, 3와 같은 모델들이 몇 초 정도의 짧은 영상만을 생성할 수 있었던 것과 비교하면 상당한 발전이라고 할 수 있다.

오픈AI 홈페이지에 소개된 내용에 따르면, Sora는 단순한 장면 뿐만 아니라 캐릭터, 특정 동작, 피사체와 배경의 정교한 디테일까지 포함하는 복잡한 장면도 생성할 수 있은데, 이는 사용자가 입력한 명령어 속 세부 요청 사항을 정확히 이해하고, 이러한 요소들이 실제 세계에서 어떻게 존재하는지를 학습한 결과 라고 한다.

소라의 등장은 영상 제작 산업에 큰 변화를 가져올 것으로 예상된다. 고품질의 영상을 빠르고 쉽게 제작 할 수 있게 됨에 따라, 영상 콘텐츠 제작의 효율성이 크게 향상될 것이다. 또한, AI 기술을 활용한 영상 제작이 보편화되면서 창의적이고 다양한 콘텐츠가 쏟아져 나올 것으로 기대되는데, 이는 영상 업계뿐만 아니라 교육, 마케팅, 유튜브, 엔터테인먼트 등 다양한 분야에서 Sora와 같은 AI 기술을 활용한 영상 제 작 도구들이 적극적으로 도입될 것으로 보인다. 다음은 소라에서 작성한 프롬프트 결과의 예시들이다.

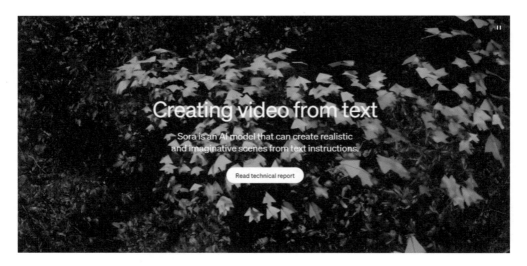

비 온 뒤 물에 젖은 땅바닥의 형태와 반사 값, 그리고 인물의 워킹 퀄리티와 선그라스에 비치는 도시 풍경이 현실감 있게 생성되었다. 또한 뒤에 지나치고 있는 사람들이 걷는 형태와 알아볼 수는 없지만 일 본어로 표기되어 있는 네온사인들이 어색하지 않게 표현되었고, 아웃포커싱까지 적용되어있어 앞에 있는 인물에게 더 집중되는, 어떻게 보면 유명 비디오 작가가 촬영하고 있는 듯한 결과물로 생성 되었다.

prompt a stylish woman walks down a tokyo street filled with warm glowing neon and animated city signage. she wears a black leather jacket, a long red dress, and black boots, and carries a black purse. she wears sunglasses and red lipstick. she walks confidently and casually. the streetis damp and reflective, creating a mirror effect of the colorful lights. many pedestrians walk about.

구름위에 앉아서 책을 읽고 있는 남자로 표현되었는데, 빛의 영향과 구름모양에 가려진 상태와 책을 받치고 있는 손가락에 그림자가 진 상태 등 리얼하게 표현되었다.

얼굴에 주름 표현, 모자에 눌린 헤어와 자연스럽게 표현된 수염의 형태가 인상적이고, 얼굴에 빛 받고 있는 위치, 안경에 굴절된 배경 왜곡현상이 사실적이다. 뒤에 아웃 포커싱으로 처리된 상태도 퀄리티가 좋은 편이다.

지하철에서 촬영하고 있는 듯한 모습이다. 터널(다리) 같은 것을 지나 칠 때 마다 창문에 비치는 촬영 당사자가 비치는 건 사실 생성형 비디오에서 쉽지 않은 표현인데, 이정도면 누가 봐도 실제 촬영물로 확인하지 생성형이라고 하기엔 믿기지 않은 수준으로 표현되고 있다.

prompt reflections in the window of a train traveling through the tokyo suburbs.

마치 백남준 아트처럼 쌓여 있는 TV들과 안에 틀어지고 있는 과거 필름들이 잘 표현되었다. 영상이 바뀔 때 마다 바닥에 반사들도 같이 바뀌는 게 인상적이다.

prompt the camera rotates around a large stack of vintage televisions all showing different programs – 1950s sci-fi movies, horror movies, news, static, a 1970s sitcom, etc, set inside a large new york museum gallery.

실제 드론으로 촬영한 것처럼 사실적으로 묘사되었다. 마치 드론이 높은 고도에서 아래를 내려다보며 촬영한 듯한 원근감과 시점이 인상적이다. 화면 중앙에는 오래된 성당이나 수도원 같은 건물이 위치해 있고, 주변에는 작은 마을이 형성되어 있다. 건물의 독특한 구조와 디테일이 섬세하게 표현되었고, 지중해 연안 지역의 전형적인 모습을 연상시킨다. 특히 드론 촬영 특유의 광각 렌즈 효과가 사실적으로 구현되었으며, 화면 가장자리로 갈수록 건물과 지형이 왜곡되는 듯한 느낌이 드는데, 이는 광각 렌즈를 사용할 때 나타나는 현상이다. 또한, 높은 고도에서 촬영했기 때문에 피사체와 배경의 움직임이 느리게 느껴지는 효과도 잘 묘사되었다.

prompt a drone camera circles around a beautiful historic church built on a rocky outcropping along the amalfi coast, the view showcases historic and magnificent architectural details and tiered pathways and patios, waves are seen crashing against the rocks below as the view overlooks the horizon of the coastal waters and hilly landscapes of the amalfi coast italy, several distant people are seen walking and enjoying vistas on patios of the dramatic ocean views, the warm glow of the afternoon sun creates a magical and romantic feeling to the scene, the view is stunning captured with beautiful photography.

자동차가 달리고 있는 장면을 1인칭 시점으로 촬영된 모습이다. 달릴 때 먼지가 날리는 등이 자연스럽다. 또한, 프롬프트를 살펴보면 렌즈의 대한 언급은 딱히 없는 걸로 봐서는 이 것도 인공지능으로 계산하여 표현하는 듯 보인다. 다만, 프롬프트처럼 상황을 정확하게 묘사를 해야 할 것이다.

prompt aerial rear view of a white land rover defender driving on a dirt road through a dense pine forest, kicking up dust and debris behind it, captured with a wide-angle lens, showcasing the rugged and adventurous nature of the journey, with warm, natural lighting filtering through the trees, highly detailed, 8k resolution.

눈동자 초 근접 영상은 실제 촬영으로 하려면 많은 스텝들과 장비들 배우 섭외, 지출 등 고려가 많이 되는 부분이 있다. 눈을 감았다가 떠지는 움직임과, 주변의 근육들의 반응, 움직일 때마다 주름의 결이 자연스럽다. 이런 초 근접 촬영은 피카와 런웨이에 비해 훨씬 자연스럽게 표현되었다.

소라는 사실적인 움직임뿐만 아니라 애니메이션적인 표현도 잘 구현한다. 전문가들이 사용하는 동작 간 빠르고 역동적인 전환 기술을 소라가 효과적으로 표현해내고 있어, 마치 전문가가 제작한 것 같은 퀄리티를 보여준다. 다만 아직 복잡한 장면에서의 물리적 시뮬레이션에 한계점이 있다.

prompt a cartoon kangaroo disco dances.

살펴본 것처럼 오픈AI가 선보인 소라는 영상 업계에 새로운 패러다임을 제시하고 있다. 하지만 소라도 완벽할 수는 없다. 오픈AI는 소라가 복잡한 장면에서의 물리적 시뮬레이션에 아직 한계가 있음을 공식적으로 밝혔다. 그러나 이는 소라의 가치를 훼손하기보다는, AI 기술이 이미 어느 수준까지 도달했는지를 보여주는 지표로 해석해야 할 것이다. 중요한 점은 소라의 등장으로 AI 기반 영상 제작 기술이 새로운 전환점을 맞이했다는 사실이다. 현재의 한계점들은 머지않아 극복될 것이며, 이는 곧 영상 산업 전반에 혁신을 가져올 것으로 예상된다.

소라와 같은 AI 모델들은 창의적인 아이디어를 시각화하는 과정을 보다 쉽고 효율적으로 만들어 줄 것이며, 이는 콘텐츠 제작의 민주화로 이어질 수 있다. 소라의 한계를 인정하고 개선 방향을 제시하는 오픈AI의 자세 또한 주목할 만하다. 이는 AI 기술 발전에 있어 투명성과 책임감의 중요성을 보여주는 사례라 할 수 있다. 기술의 한계를 인정하고 지속적인 개선을 추구하는 자세야말로 AI가 가져올 긍정적인 변화를 극대화할 수 있는 길이 될 것이다.

영상 업계는 지금 이 순간에도 변화하고 있다. 소라와 같은 혁신적인 AI 모델들은 그 변화의 속도를 가

속할 것이다. 우리는 이러한 변화를 주시하며, AI가 가져올 창의적이고 효율적인 미래를 준비해야 한다. Sora는 그 미래의 시작점에 서 있다.

05

AI(인공지능)+
AE(애프터 이펙트)

본 파트에서는 AI와 After Effect를 활용
한 다양한 기법들을 소개한다. 또한, 포
토샵에서의 레이어 분리부터 시작하
여, 에프터 이펙트에서의 모션그래픽
효과 적용, 후반 보정 작업까지 체계적
으로 다룰 것이다. 이 과정을 통해 영
상에 생동감을 불어넣고, 시각적 완성
도를 높이는 방법을 익힐 수 있을 것이
다.

포토샵과 에프터 이펙트의 강력한 기능을 활용하여 이미지에 깊이와 생동감을 부여하는 레이어 분리와 모션 적용을 통해 평면적인 이미지를 마치 살아 움직이는 듯한 역동적인 영상으로 탈바꿈시킬 수 있다. 포토샵의 제너레이티브 필(Generative Fill)과 에프터 이펙트의 3D 레이어(3D Layer) 기능은 AI와 모션 그래픽의 완벽한 조화를 보여주는 사례이다. 이 두 가지 기능을 활용하면 이미지에 깊이와 역동성을 부여하여 시청자들을 사로잡는 영상을 제작할 수 있다.

포토샵에서 레이어 분리하기

포토샵에서 레이어를 분리하는 것은 원근감을 표현하고 공간감을 부여하는 데 매우 중요한 과정이다. 회화에서 마찬가지로, 디지털 아트에서도 원근감은 작품의 깊이와 거리를 나타내는 핵심 요소이다. 레이어를 효과적으로 분리하고 배치함으로써 이미지에 입체감과 현실감을 불어넣을 수 있다.

1 **근경** 물체가 가까이에 있고 선명하다.

2 **중경** 물체가 중간거리에 있고, 잘 보이는 곳에 위치해 있다.

3 4 **원경** 먼 거리에 있어 조금은 흐릿하다.

포토샵의 Generative Fill을 사용하면 AI 기술로 쉽고 빠르게 레이어를 분리할 수 있다. 레이어 분리를 통해 원근감을 표현하면, 이미지가 단순한 평면이 아닌 살아있는 공간으로 느껴지게 되며, 각 요소별로 세부 조정이 가능하여 더욱 섬세하고 창의적인 표현이 가능해진다. 분리된 레이어들은 애프터 이펙트에서 모션 그래픽 작업을 할 때 원근감 있게 배치된 레이어들에 입체적인 움직임을 부여하여 시각적 몰입감을 극대화할 수 있다. 예제로 사용될 [초원] 레이어를 가져와 포토샵에서 1~4번 거리를 분리해 보자.

🔖 [학습자료] 폴더의 [초원] 파일 활용

1 ❶[올가미 도구]에 있는 ❷[다각형 올가미 도구(Polygonal Lasso Tool)]을 선택한다. 해당 도구를 누르고 있으면 그림과 같은 도구들이 나타난다.

2 [다각형 올가미 도구]를 사용하여 근경만 선택해 보자. 클릭-클릭하여 표시된 영역처럼 선택한다.

3 선택된 영역은 점선으로 표시된다. 이제 선택되 영역을 복사하기 위해 **❶**[Ctrl] + [C] 키를 누른 후, **❷**[Ctrl] + [V] 키를 눌러 붙여넣기 한다. 그러면 선택된 영영만 새로운 레이어로 생성된다. 여기에서는 일단 **❸**[눈 모양]을 클릭하여 숨겨둔다.

4 다시 **❶**[배경(BG) 레이어]를 선택한 후, 이번엔 두 번째 중경에 있는 언덕과 집을 [다각형 올가미 도구]를 사용하여 **❷**[영역을 선택]한다.

5 앞선 방법으로 선택된 영역을 **❶**[복붙(복사 및 붙여넣기)]를 하여 새로운 레이어로 생성한다. 그다음 중경 레이어만 보이도록 **❷**[배경 레이어도 숨겨]준다. 그리고 근경 영역만을 이용하기 위해 **❸**[Ctrl] + [근경 레이어 클릭]한다.

6 선택된 근경 영역을 확대해 주기 위해 ❶[선택] – ❷[모디파이] – ❸[확장] 메뉴를 선택하고, 확장 값을 ❹[20] 정도로 설정한 후 ❺[OK]한다.

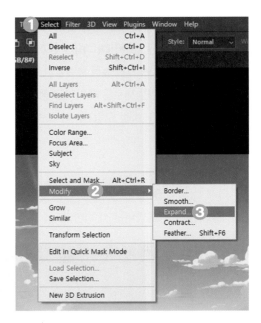

7 근경 레이어 영역이 확장되면, 제너레이티브 필을 띄운 후, ❶[Generative Fill]을 선택한다. 프롬프트에는 아무 것도 입력하지 않은 상태로 ❷[Generate]를 선택해 보자.

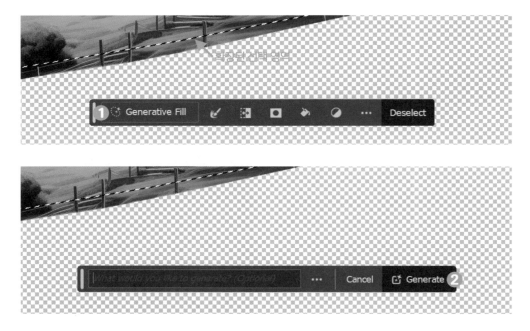

8 그러면 그림처럼 선택된 중경 레이어의 나머지 영역의 그림이 비슷하게 채워졌다. 곧바로 사용할 수 있을 정도의 좋은 결과이다. 다음으로 이 레이어를 병합해 보자.

포토샵 AI로 생성된 그림 →

9 ❶[중경 레이어와 방금 생성된 Generative Fill 레이어 2개]를 모두 선택(Shift키 활용)한다. 그다음 선택된 레이어 위에서 ❷[우측 마우스 버튼] - ❸[Marge Layers]를 선택한다. 그러면 선택된 두 레이어가 하나의 레이어로 합쳐진다. 작업이 끝나면 일단, ❹[중경 레이어를 숨겨]준다.

변경한 레이어 이름

⑩ 배경(BG) 레이어를 선택한 후, [다각형 올가미 도구]를 사용하여 그림처럼 ❶[원경 영역을 선택]한다. 그다음 선택된 영역을 ❷[복붙(복사 및 붙여넣기)]를 하여 새로운 레이어로 생성한다.

⑪ 새로 생성된 ❶[원경 레이어가 선택된 상태]에서 아래 예시 그림처럼 아래쪽 영역에 그림이 생성될 수 있을 만큼 ❷[여유의 공간을 선택]한다. 이때 사용되는 도구는 [다각형 올가미 도구]이다.

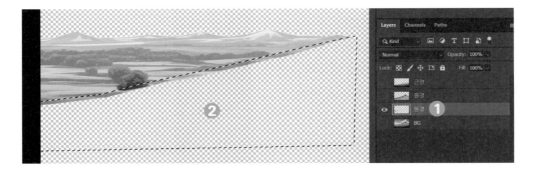

⑫ 이제 선택된 영역에 새로운 AI 이미지를 생성하기 위해 ❶[Generative Fill]를 선택한 후, ❷[Generate]를 클릭한다.

13 선택된 영역에 자연스럽게 생성된 이미지를 확인할 수 있다. 이처럼 포토샵의 제너레이티브 필을 사용하면 특정 이미지를 확장할 수 있다.

14 ❶[원경 레이어와 방금 생성된 Generative Fill 레이어 2개]를 모두 선택(Shift키 활용)한다. 그다음 선택된 레이어 위에서 ❷[우측 마우스 버튼] – ❸[Marge Layers]를 선택한다. 그러면 선택된 두 레이어가 하나의 레이어로 합쳐진다. 작업이 끝나면 일단, ❹[원경 레이어를 숨겨]준다.

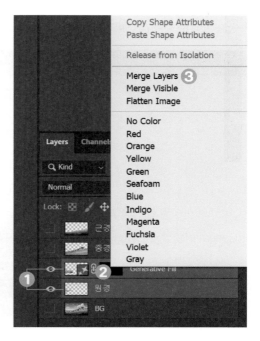

15 ①[배경 레이어]를 선택한 후, ②[사각형 선택 도구]을 사용하여 그림처럼 하늘 영역을 선택한다. 이때 집과 언덕은 작업의 편의를 위해 일단 모두 포함되도록 선택한다. 그다음 ③[복붙(복사 및 붙여넣기)]를 하여 새로운 레이어로 생성한다.

16 ①[붙여넣기된 레이어를 선택]한 후, 사각형 선택 도구로 그림처럼 ②[언덕과 집 영역을 선택]한다. 그리고 ③[Generative Fill] - ④[Generate]를 클릭하여 이미지를 채워 넣는다.

17 이제 앞서 붙여넣기한 레이어와 방금 제너 레이티브 필을 통해 채워진 ①[두 레이어]를 선택한 후, ②[우측 마우스 버튼] - ③[Marge Layers]를 선택하여 두 레이어를 병합한다.

18 레이어 분리 작업이 완료되었다. 이제 [기존 이미지는 숨겨 놓고], [다른 레이어는 보이게 하자.] 그리고 [PSD] 파일로 저장한다. 살펴본 것처럼 포토샵에서 AI 기능이 추가되어 이와 같은 방법으로 레이어 분리 작업이 가능하다는 것을 알 수 있다.

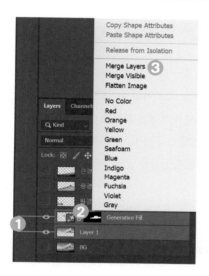

모션 그래픽 만들기: 애프터 이펙트 활용

에프터 이펙트는 모션 그래픽과 시각 효과 제작의 강력한 도구이다. 포토샵과 에프터 이펙트를 연계한 모션 그래픽 제작 과정은 평면적 이미지를 생동감 넘치는 3D 애니메이션으로 변모시키는 강력한 방법이다. 이 과정은 고도의 전문성을 요구하는 듯 보이지만, 실제로는 체계적인 접근과 약간의 연습만으로도 충분히 습득할 수 있으며, 포토샵의 레이어 분리 기술과 에프터 이펙트의 3D 공간 구성 능력을 결합함으로써, 전문가 못지않은 품질의 모션 그래픽을 제작할 수 있을 것이다. 다음의 설명은 에프터 이펙트를 사용하여 모션 그래픽 효과를 표현할 수 있는 핵심 과정이다.

애니메이션 객체의 위치, 회전, 크기 등을 키프레임을 이용하여 조작하여 동적인 애니메이션을 사용자가 원하는 대로 만들 수 있다.

트랜지션 화면 전환 효과를 만들어 전환을 부드럽게 하거나 장면 간의 연결을 시각적으로 확실히 할 수 있다.

텍스트 애니메이션 텍스트를 움직이고 변형시켜 독특하고 화려한 텍스트 애니메이션을 만들 수 있다.

이펙트 및 필터 에프터 이펙트는 다양한 이펙트 및 필터를 제공하여 이미지와 비디오에 특별한 시각적 효과를 적용할 수 있다.

합성 여러 요소를 조합하여 새로운 장면을 만들거나 가상 세계를 구축할 수 있다.

카메라 모션 카메라를 이용하여 3D 공간에서 움직이는 효과를 만들어 현실적인 시각 경험을 제공할 수 있다.

모션 트래킹 비디오 클립에서 객체를 추적하고 그에 따라 모션 그래픽 요소를 동적으로 배치할 수 있다.

이와 같이 에프터 이펙트를 사용하면 다양한 시각 효과를 쉽게 만들고 조작할 수 있으며, 이를 통해 전문적인 동영상 및 애니메이션을 제작할 수 있다. 앞서 포토샵에서 레이어를 분리한 이유는 에프터 이펙트에서 카메라 움직임을 주기 위함이며, 3D공간에서 각 레이어별로 근거리, 중거리, 원거리, 배경을 순차적으로 배치시키고 카메라 움직임을 주면 거리감이 느껴지도록영상을 만들 수가 있다. 이제부터 쉽고 간편하게 애니메이션을 제작할 수 있는 방법을 알아보자.

1 컴포지션 만들기 에프터 이펙트를 실행한 후, 새로운 작업을 위해 ①[Composition] 메뉴에 있는 ②[New Composition]을 선택한다.

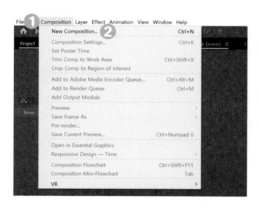

2 컴포지션 설정 창에서 가로세로 작업 크기를 ①[1920 x 1080]로 설정(표준 설정)한 후, 작업 길이(Duration)는 ②[10초]로 설정한다. 설정이 끝나면 ③[OK] 버튼을 누른다.

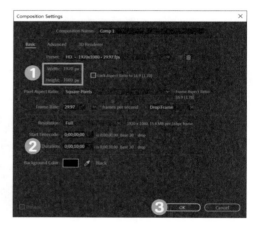

3 포토샵 파일 가져오기 작업에 사용될 파일을 가져오기 위해 프로젝트 패널 빈 곳에서 ①[우측 마우스 버튼] – ②[Import] – ③[File] 메뉴를 선택한다. 단축키 [Ctrl] + [I] 키를 눌러도 된다.

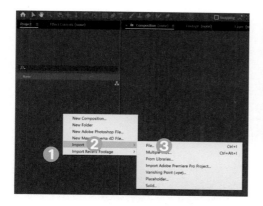

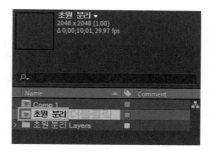

4 포토샵에서 레이어를 분리시킨 ❶[PSD] 파일을 선택한 후, ❷[Import]한다.

5 임포트 창이 열리면, 포토샵 도큐먼트 크기를 그대로 애프터 이펙트의 컴포지션 크기로 사용하기 위해 ❶[Composition]으로 설정한 후 ❷ [OK]한다.

6 새로 생성된 [Composition]을 더블클릭하여 해당 포토샵 컴포지션을 열어 보자.

7 **3D 환경 만들기** 열린 컴포지션에서 BG를 제외한 ❶[레이어 전체를 선택]하고 큐브 모양의 ❷[3D 레이어]를 활성화한다. 만약 버튼이 보이지 않는다면 키보드 [F4] 버튼을 클릭하면 메뉴들이 활성화된다.

10 두 개의 뷰로 작업하기 위해 컴포지션 패널 우측 하단의 카메라 뷰 모드를 ❶[2View]로 선택한다. 그리고 카메라 방향을 위에서 내려 다 보는 시점인 ❷[Top]으로 변경한다.

8 [Layer] – [New] – [Camera]를 선택하거나 단축키 [Ctrl] + [Alt] + [Shift] + [C] 키를 눌러 카메라를 생성한다. 카메라는 3D 레이어 상태에서만 사용할 수 있다.

Text	Ctrl+Alt+Shift+T
Solid...	Ctrl+Y
Light...	Ctrl+Alt+Shift+L
Camera...	Ctrl+Alt+Shift+C
Null Object	Ctrl+Alt+Shift+Y
Shape Layer	
Adjustment Layer	Ctrl+Alt+Y
Content-Aware Fill Layer...	
Adobe Photoshop File...	
MAXON CINEMA 4D File...	

9 카메라 설정 창이 열리면, ❶[50mm]로 설정되었는지 확인하고 ❷[OK] 버튼을 클릭하여 카메라를 생성한다.

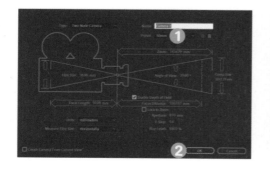

11 **모션 만들기** ❶[선택 도구]를 사용하여, Top 뷰에서 각 레이어(근경, 중경, 후경, 배경)들의 거리를 파란색 ❷[Z축]을 뒤쪽(화면 기준 위쪽)으로 이동하여 간격을 둔다.

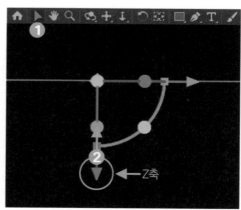

12 각 레이어를 Z축으로 이동한 후의 모습은 아래 그림처럼 일정한 간격으로 설정된 것을 알 수 있다. 이제 카메라를 움직여서 통해 애니메이션을 표현해 보자.

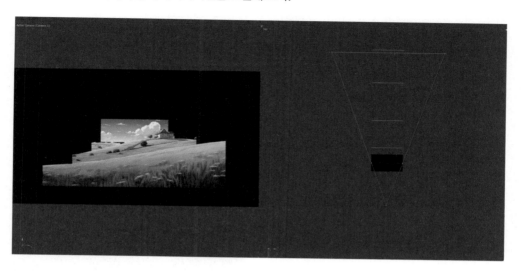

13 먼저 ①[원경과 배경 레이어]를 선택하고, ②[S] 키를 누른다. 그러면 크기설정을 위한 Scale이 열린다. 이 상태에서 ③[Scale] 값을 조절하여 그림처럼 뷰 화면에 딱 맞게 크기를 키워준다.

14 같은 방법으로 나머지 레이어의 크기로 조절하여 그림처럼 뷰 화면에 꽉 차도록 키워준다.

15 ①[카메라 레이어]를 선택한 후, ②[P] 키를 눌러 Position을 활성화한다.

16 카메라 모션을 위해 시간(타임 바)을 ❶[0프레임]으로 이동한 후 Position 좌측 시계 모양의 ❷ [Stop Watch]를 클릭하여 포지션의 현재 시간에 키프레임을 생성한다. 그다음 시간을 ❸[10초]로 설정한 후, 카메라의 포지션 값을 설정하여 ❹[카메라가 앞쪽]으로 가도록 한다.

17 카메라 옵션에서 Depth of Field를 [On]으로 해주고, [Focus Distance] 값과 [Aperture] 값을 조절하여 카메라 포커스 거리와 흐려지는 정도를 설정한다.

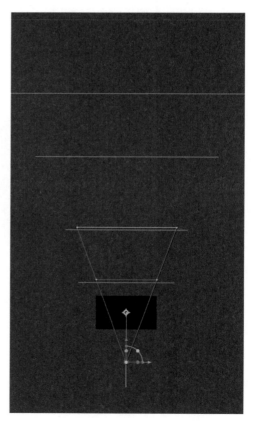

18 카메라 옵션 설정이 끝나면 카메라 애니메이션을 보다 세밀하게 설정하여 다양한 카메라 모션을 연출해 보자.

19 다음의 그림은 카메라 애니메이션이 적용된 모습이다. 사실적인 효과를 적용하기 위해 DOF(Depth of field)를 활용해 보았다. 제작 과정이 처음엔 복잡해 보일 수는 있으나, 몇 번 반복한다면 애니메이션의 원리를 금방 이해할 수 있을 것이다.

후반 보정 작업

후반 보정은 영상의 완성도를 높이는 중요한 단계로, 세부적인 조정과 창의적인 변화를 통해 작품에 생기를 불어넣는 과정이다. 여기에서는 먼저, 오브젝트의 부분 변경을 통해 영상의 핵심 요소를 개선하는 방법을 알아볼 것이며, 다음으로 색보정 기법을 통해 영상의 전반적인 분위기와 감성을 조율하는 과정, 그리고 마지막으로 최종 렌더링 단계에서 주의해야 할 점들을 짚어보며, 고품질의 결과물을 얻는 렌더링에 대해 알아보기로 한다.

오브젝트(객체) 부분 변경하기

포토샵의 최신 AI 기술을 활용하면, 작업 중인 이미지의 일부를 손쉽게 변경하여 새로운 비전을 구현할 수 있다. 여기에서는 레이어로 분리된 PSD 파일에서 언덕 위의 집을 더 멋진 모습으로 바꾸는 과정을 살펴보기로 한다.

1 **집 모양 바꾸기** 포토샵에서 레이어별로 나눈 PSD 파일을 포토샵으로 열어준 후, 집을 더 멋지게 바꿔보자. 먼저 ❶[사각형 선택 도구]로 그림처럼 ❷[집을 선택]한다. 그리고 컨텍스츄얼 태스크 바의 ❸[Generative Fill]을 클릭한다.

2 프롬프트에 ❶[mansion]이라고 입력한 후, ❷[Generate]를 클릭한다.

3 집이 다른 스타일로 생성되었다. 마음에 들 때까지 계속 생성할 수 있다.

4 방금 생성된 집 모양이 있는 레이어에서 ❶ [우측 마우스 버튼] – ❷[Rasterize Layer(레스 터라이즈 레이어)]를 선택하여 비트맵 이미지로 변환한다.

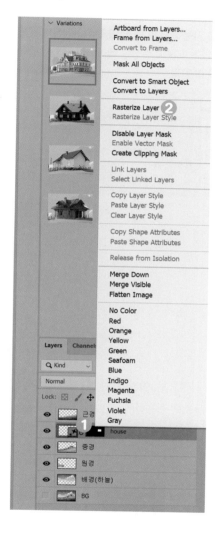

5 이제 ❶[중경 레이어만 보이도록 하고, 나머지 레이어는 숨겨] 놓는다. 그다음 집 레이어를 선택한 후, ❷[올가미 선택 도구]를 선택한다.

6 올가미 선택 도구로 집을 제외한 [배경을 선택(드로잉하여 선택)]한 후 그림과 같이 배경을 지워준다. 지울 때는 [Delele] 키를 사용한다. 참고로 지금의 작업은 [지우개 도구]로도 가능하다.

7 [중경 레이어와 집 레이어]를 선택한 후, ❶
❷[우측 마우스 버튼] – ❸[Marge Layer(레이어
병합)]를 선택하여 두 레이어를 병합한다.

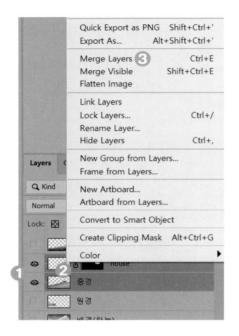

레이어 이름을 변경할 때 주의할 것

애프터 이펙트에서 사용되고 있는 PSD 파일을 포
토샵에서, 위 작업처럼 병합한 레이어 이름(중경)을
원래대로 사용하지 않으면, 애프터 이펙트에서 인
식할 수 없기 때문에 수정된 레이어 이름을 동일하
게 해주어야 한다.

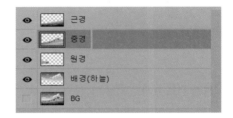

색 보정하기

색 보정은 영상의 전반적인 분위기와 감성을 결정짓는 중요한 과정으로, 여기에서는 하늘을 푸른색으
로, 녹지는 더 초록색으로 보정을 하고, 전체적으로 초록빛이 돌도록 적용하여, 이미지가 선명해 보이
도록 할 것이다. 이제 앞서 작업하던 애프터 이팩트에서 보정 작업을 해보기로 한다.

1 **효과를 활용한 색 보정** ❶[배경] 레이어를 선
택한 후, ❷[Effect] – ❸[Color Correction] – ❹
[Curves]를 선택하여 효과를 적용한다.

검색하여 효과 적용하기

효과의 적용은 일일이 메뉴에서 찾는 것이 아닌 이
펙트 & 프리셋에서 적용하고자 하는 효과의 이름을
입력(검색)하여 적용(더블클릭)할 수도 있다.

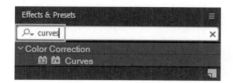

2 적용된 커브 효과는 밝은 부분은 더 밝게, 어
두운 부분은 더 어둡게 만들고, 색상 톤에 대한
설정이 가능하다. 각 색상 채널을 선택해 가며,
커브 곡선의 모양을 변형하여 조정하면 된다.

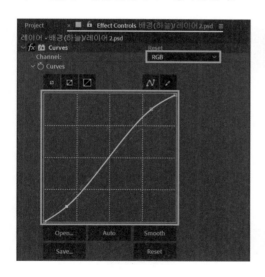

3 같은 방법으로 이번엔 [Hue/Saturation] 효
과를 적용해 보자. 휴/새츄레이션 효과에서
Master Saturation 값을 설정하면 색감을 풍부
하게 할 수 있다.

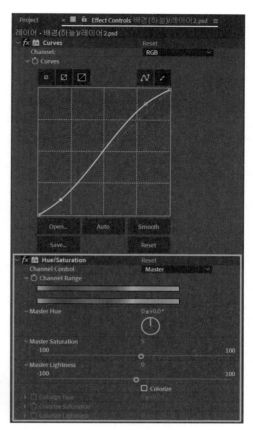

4 아래 그림은 방금 적용된 두 이펙트를 적용
및 설정한 후의 모습이다. 예시로, 조금 더 푸른
톤이 되도록 하였다. 나머지 레이어들을 하나씩
선택해 가며, 색 보정을 해보자.

5 이번엔 [원경] 레이어이다. 마찬가지로 같은 효과들을 적용한 후, 조금 더 푸른 톤이 되도록 하였다.

6 다음은 [중경] 레이어이다. 밝기는 조금만 조절하고, 초록빛이 나도록 Hue/Saturation을 조금만 높여주었다.

7 마지막으로 [근경] 레이어는 그림자가 조금 드리워지면서 풀이 많아 그림이 어둡기 때문에 밝기를 조금 낮춰주고, Hue/Saturation의 수치를 조금 더 증가하였다.

8 솔리드 레이어를 활용한 색 보정 이번엔 블루 필름을 얹혀 전체적으로 푸른 톤으로 통일성 있게 해보자. 솔리드 레이어를 생성하기 위해 타임라인 빈 곳에서 ❶[우측 마우스 버튼] – ❷ [New] – ❸[Solid]를 선택한다.

9 솔리드 설정 창에서 [컬러]를 클릭하여 솔리드 컬러 창을 열어준다.

10 솔리드 컬러 창이 열리면, 다음의 예시처럼 ❶[파란색]으로 설정한 후, ❷[OK] 버튼을 클릭한다. 그리고 다시 솔리드 설정 창에서 ❸[OK] 버튼을 클릭하여 파란색 솔리드 레이어를 생성한다.

12 파란색 솔리드 레이어를 열어 준 후, 불투명도(Opacity) 값을 [4%]로 낮춰 보자.

13 색 보정이 완료되었다. 아래 두 그림 중 위쪽은 보정 전, 아래쪽은 보정 후의 모습이다. 보정 전의 모습은 화이트 톤이 비치면서 컬러감이 나뉘는 듯한 느낌이 들지만, 보정 후의 모습은 색이 좀 더 또렷하고, 전체적으로 푸른 톤이 선명한 것을 알 수 있다. 물론 실제 색 보정 작업은 지금보다 훨씬 섬세한 작업이 필요하다. 하지만 본 도서에서는 색 보정에 대한 개념을 파악하기 위해 간단한 작업만 하였다.

11 파란색 솔리드 레이어의 색감을 하위 레이어들에게 영향(합성)을 주기 위해 ❶[Mode(모드)]를 ❷[Difference]로 변경한다.

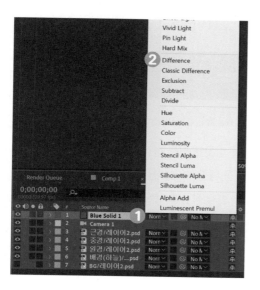

렌더링하기: 파일 생성

애프터 이펙트에서 최종 영상 파일을 생성하는 렌더링(Rendering) 과정은 프로젝트의 마지막 단계이자 가장 중요한 과정 중 하나이다. 고품질의 결과물을 얻기 위해서는 정확한 설정과 체계적인 접근이 필요하다.

1 **렌더 구간 설정하기** 현재 타임라이에서의 렌더 구간, 즉 파일을 만들기 위해 구간은 1초로 되었다. 이 구간은 이전에 필자가 손을 댓기 때문이다. 이제 ❶[렌더 구간(렌더 바)의 파란색 끝부분]을 잡고 우측으로 이동하여 ❷[10초]에 맞춰준다.

2 작업한 내용을 영상 파일로 만들기 위해 상단 메뉴에서 ❶[File] - ❷[Export] - ❸[Add to Render Queue] 메뉴를 선택한다.

3 렌더 큐 화면이 나타나면, Output Module의 [파일 형식] 부분을 클릭한다.

4 아웃풋 모듈 설정 창에서 파일 형식(포맷)을 가장 대중적인 ❶[H.264]로 설정하고 ❷[OK]한다. 현재 작업에서는 그밖에 설정은 불필요하다.

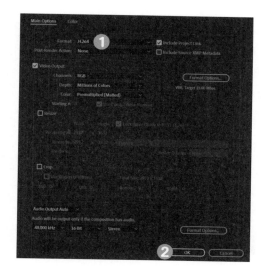

5 저장 위치를 변경해 주기 위해서는 Output To 좌측에 있는 [파란색 글자]를 클릭한 후, 원하는 위치를 지정해 주면 된다.

6 모든 설정이 끝나면 우측 상단의 [Render] 버튼을 클릭한다. 그러면 앞서 지정한 렌더 구간 (0~10초)이 동영상으로 만들어진다.

05-3 다양한 영상 표현법

영상 제작에서 후반 작업의 핵심은 단순한 영상을 예술적 표현으로 승화시키는 것이다. 이 과정에서 다양한 시각적 효과의 적용은 작품에 깊이와 감성을 더하는 핵심적인 역할을 한다. 이번 학습에서는 영상 표현의 지평을 넓히는 네 가지 대표적인 효과, 비네팅, 텍스처, 미니어처, 스케치에 대해 심도 있게 탐구할 것이다. 이러한 효과들은 단순히 적용하는 것에 그치지 않고, 각 효과의 근본적인 원리와 시각적 심리학을 이해하고, 이를 창의적으로 활용하는 것이 중요하다.

비네팅 효과 표현하기

비네팅(Vignetting) 효과는 영상 및 사진 예술에서 오랜 역사를 가진 강력한 시각적 도구이다. 이 기법은 단순히 이미지의 가장자리를 어둡게 하는 것을 넘어, 시청자의 시선을 조절하고 작품의 전반적인 분위기를 형성하는 데 중요한 역할을 한다. 이제부터 애프터 이펙트에서 비네팅 효과를 어떻게 표현하는지 살펴보도록 하자.

비네팅 효과 예시

1 애프터 이펙트에서 이번 학습에 사용할 이미지 파일(비네팅 예제: 학습자료 폴더에 포함)을 가져(Ctrl+I)온 후, 끌어다 [Create a new Composition] 아이콘 위에 갖다 놓는다. 그러면 해당 이미지 파일의 규격에 맞는 컴포지션이 생성된다.

② 이번엔 비네팅 효과에 사용할 솔리드 레이어를 생성하기 위해 앞서 살펴본 것처럼 타임라인 빈 곳에서 ①[우측 마우스 버튼] – ②[New] – ③[Solid]를 선택한다.

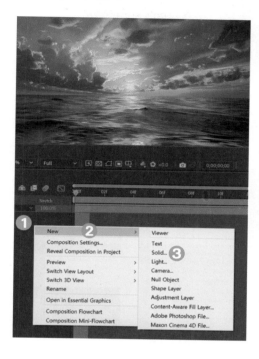

③ 솔리드 레이어 색상을 ①[검정색]으로 ②[설정]한다. 컬러 설정은 212페이지를 참고한다.

④ 비네팅 모양을 만들기 위해 방금 생성된 솔리드 레이어를 선택한다. 생성 후 기본적으로 선택되어 있다.

⑤ 상단 도구 바에서 ①[도형 및 마스크 생성 도구]에서 ②[원형 도구(Ellipse Tool)]를 선택한다.

⑥ 선택된 원형 도구 상태로 컴포지션 패널에서 예시처럼 화면에 가득 찬 [원형 마스크를 생성]한다. 클릭 & 드래그하여 생성할 수 있다.

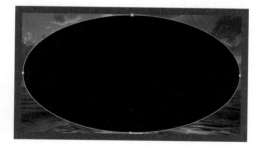

⑦ 마스크가 생성된 솔리드 레이어를 열고, 마스크 모드 우측의 [Inverte]를 체크하면, 다음의 그림처럼 마스크 안쪽에 이미지가 나타난다.

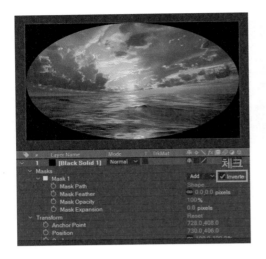

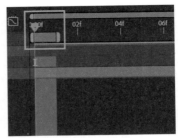

8 가장자리를 부드럽게 해주기 위해 마스크의 [Mask Feather] 값을 증가한다. 충분히 증가하여 예시처럼 가장자리를 부드럽게 해준다.

10 ❶[File] - ❷[Export] - ❸[Add to Render Queue] 메뉴를 선택한다.

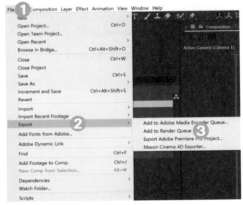

11 **이미지 파일 만들기** 렌더 큐 화면이 나타나면, 앞선 학습과 마찬가지로, Output Module의 [파일 형식] 부분을 클릭한다.

9 이제 렌더링을 통해 이미지 파일로 만들어주기 위해 렌더 구간을 [1프레임]으로 설정한다.

12 아웃풋 모듈 설정 창에서 파일 형식(포맷)을 이미지 파일로 만들기 위해 ❶[PNG]로 설정하고 ❷[OK]한다.

13 설정이 끝나면 [Render] 버튼을 눌러 아래 그림처럼 1장의 이미지를 생성한다.

텍스처 효과 표현하기

애프터 이펙트의 블렌드 모드(Blend Mode) 기능을 활용하여 이미지에 텍스쳐를 입히면 독특한 컨셉의 이미지를 연출할 수 있다. 이 과정에서 가장 중요한 것은 적절한 텍스쳐 소스의 선택이다. 예를 들어, 거친 질감의 소스를 사용하면 그런지 스타일의 한 텍스쳐가 나타나고, 다채로운 색상의 소스를 적용하면 이미지에 오색찬란한 색감을 부여할 수 있다. 미드저니를 사용할 때 [grunge texture]와 같은 프롬프트를 추가하면 질감이 적용된 이미지를 직접 생성할 수 있지만, 이 방법의 큰 단점은 생성된 이미지를 후에 편집하기 어렵다는 점이다. 이러한 한계를 고려하여, 먼저 미드저니를 사용해 그런지 텍스처를 별도로 생성해 보기로 하자.

텍스처 효과 예시

1 **미드저니를 활용한 텍스처 생성** 먼저 미드저니에서 다음과 같은 프롬프트를 입력하여 기본 텍스처를 생성한 후, 저장한다.

prompt black and white, grunge texture paper --ar 16:9 --v 6.0

2 **애프터 이펙트를 활용한 합성** 애프터 이펙트에서 방금 생성한 텍스처 이미지와 [학습자료]에 있는 [모드 예제1] 이미지 파일을 가져온 후, [모드 예제1] 이미지를 끌어다 [Create a new Composition] 아이콘 위에 갖다 놓는다. 그러면 해당 이미지 파일의 규격에 맞는 컴포지션이 생성된다.

3 미드저니에서 생성한 ❶[이미지(모드 예제

2)]를 아래쪽에 갖다 놓고, 위쪽 [모드 예제1] 레이어의 모드를 ❷[Multiply]로 설정하자. 그러면 그림처럼 위아래 이미지가 멀티플라이 방식으로 혼합된 것을 알 수 있다.

4 위쪽 ❶[텍스처 레이어]가 선택된 상태에서 ❷[Curves] 효과를 찾아, ❸[더블클릭]하여 선택된 레이어에 적용한다.

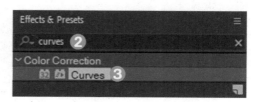

5 이펙트 설정 패널에서 방금 적용된 [커브 곡선]을 조정(클릭하여 포인트 생성)하여 거친 질감이 더욱 도드라지게 해준다.

7 이펙트 설정 패널에서 위쪽 ❶[텍스처 레이어]를 선택한 후, Texture Contrast 값을 ❷[0.5], Texture Placement는 ❸[Stretch Texture to Fit]으로 설정한다. 이미지에 거친 질감을 더욱 강렬하게 표현해 보았다. 이 기법은 실무에서 공포, 액션 분위기를 연출할 때 많이 사용된다.

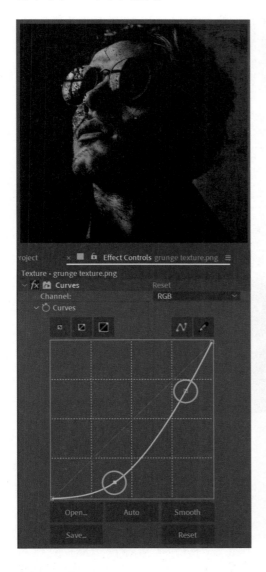

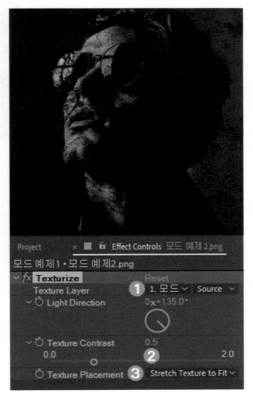

6 이번엔 아래쪽 ❶[그런지 레이어]를 선택한 후, ❷[Texturize]를 찾아, ❸[더블클릭]하여 적용한다.

미니어처 효과 표현하기

미니어처 효과, 전문 용어로 틸트 쉬프트(Tilt-shift) 효과는 실제 크기의 장면을 마치 작은 모형이나 미니어처처럼 보이게 만드는 독특한 시각적 기법이다. 이 효과는 주로 작은 모형처럼 보이는 사물이나 풍경을 만들어내어 현실을 미니어처처럼 보이게 만들어, 주로 고층 건물이나 도심 지역, 풍경 등을 촬영할 때 사용되며, 주변의 사물들이 작은 모형처럼 보이는 비현실적인 효과를 만들어낸다. 원래 특수한 카메라 렌즈를 통해 만들어졌지만, 현재는 디지털 후반 작업을 통해서도 쉽게 구현할 수 있다.

미니어처 효과 예시

1️⃣ 애프터 이펙트로 [학습자료]에 있는 [틸트 쉬프트] 이미지를 가져온 후, 해당 이미지의 규격과 같은 컴포지션을 생성한다. 컴포지션 생성은 220페이지를 참고한다.

2 마스크 및 효과를 적용하기 위한 조정 레이어를 생성하기 위해 타임라인 빈 곳에서 **①**[우측 마우스 버튼] – **②**[New] – **③**[Adjustment Layer]를 선택한다.

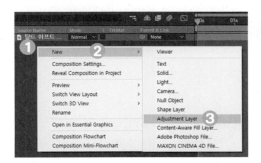

3 방금 생성한 **①**[조정 레이어]가 선택된 상태에서 **②**[Gaussian Blur]를 찾은 후, **③**[더블클릭]하여 적용한다.

4 이펙트 설정 패널에서 블러 값을 [20] 정도로 설정하여 하위에 있는 이미지 레이어를 흐리게 해준다. 이처럼 조정 레이어는 하위에 있는 모든 레이어(이미지)에 한꺼번에 효과를 적용하기 위해 사용된다.

5 마스크를 만들어 주기 위해 상단 도구 바에서 **①**[펜 도구]를 선택한 후, 예시처럼 마스크를 빌딩 중앙 부분을 제외한 **②③**[주변에 2개의 마스크 영역]을 만들어 준다.

6 생성된 두 마스크에서 [Mask Feather] 값을 증가하여 마스크 경계 부분을 부드럽게 해준다.

7 설정된 최종 모습은 그림처럼 렌즈 초점을 중앙 위주로 인위적으로 조작하였기 때문에 중앙 부분을 제외한 영역이 흐려진 것을 알 수 있다. 여기서 비네팅 효과를 적용하면, 더욱 분위기가 살면서 포커스가 강조된다.

스케치 효과 표현하기

스케치 효과는 디지털 영상을 예술적인 드로잉으로 변환하는 매력적인 기법이다. 이 효과는 영상의 윤곽을 강조하고 텍스처를 추가하여, 마치 숙련된 아티스트가 연필이나 목탄으로 직접 그린 듯한 독특한 시각적 경험을 제공한다. 이 기법의 적용은 단순한 필터 이상의 의미를 지니며, 영상에 손으로 그린 듯한 따뜻함과 인간적인 터치를 더해, 디지털 매체에 아날로그적 감성을 불어넣을 수 있다. 애프터 이펙트에서는 기본적인 효과부터 복잡한 합성 기법까지, 작품의 의도와 스타일에 따라 다양한 접근이 가능하다. 이제 애프터 이펙트를 활용해 어떻게 이 매혹적인 스케치 효과를 만들어낼 수 있는지, 살펴보기로 하자.

스케치 효과 예시

1 애프터 이펙트로 [학습자료]에 있는 [스케치 효과] 이미지를 가져온 후, 해당 이미지의 규격과 같은 컴포지션을 생성한다. 컴포지션 생성은 220페이지를 참고한다.

2 스케치 효과를 적용하기 위한 조정 레이어를 생성하기 위해 타임라인 빈 곳에서 ①[우측 마우스 버튼] - ②[New] - ③[Adjustment Layer]를 선택한다.

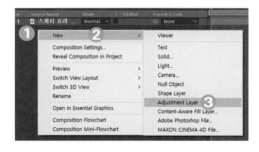

3 방금 생성한 ①[조정 레이어]가 선택된 상태에서 ②[Cartoon]을 찾은 후, ③[더블클릭]하여 적용한다.

4 스케치 효과의 이펙트 설정 패널에서 각 옵션을 예시 설정값과 같이 설정하여 스케치 느낌이 들도록 한다.

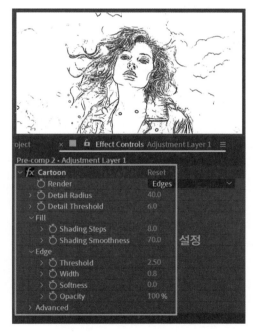

5 사용되고 있는 ①[두 레이어를 모두 선택]한다. 그다음 ②[Layer] - ③[Pro-compose]를 선택해 보자.

7 이제 합쳐진 스케치 컴포지션 레이어 아래쪽에 [원본 스케치 효과 이미지]를 갖다 놓는다.

8 그다음 위쪽 스케치 레이어의 블렌드 모드를 [Multiply]로 설정하여 스케치 효과와 합성되도록 한다.

6 프리 컴포즈 창이 열리면, 컴포지션의 이름을 ❶[스케치]로 입력한 후, ❷[OK] 버튼을 클릭한다. 그러면 선택된 두 레이어가 하나로 합쳐진다. 새로운 컴포지션에 포함되는 형태이다.

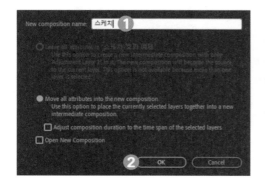

9 마지막으로 아래쪽 원본 스케치 효과 레이어에 [Black & White], [Brightness & Contrast],

[Cartoon] 세 가지 효과를 적용한 후, 이펙트 설정 패널에서 그림과 같이 설정하여, 스케치와 카툰 느낌으로 혼합된 결과물을 완성한다.

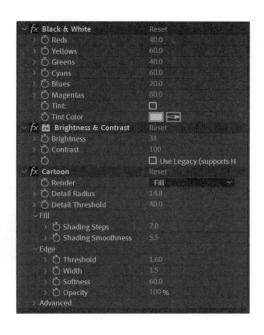

10 다음 그림은 완성된 카툰 & 스케치 스타일 이미지이다. 이처럼 애프터 이펙트의 기본 효과로도 완성도 높은 결과물을 얻을 수 있다.

05-4 트랜지션 효과

트랜지션(Transition)은 영상 언어의 핵심 요소로, 단순한 장면 전환을 넘어 내러티브의 흐름과 감정적 연결을 조절하는 강력한 도구이다. 이는 영상 편집의 기술적 측면과 창의적 표현의 교차점에 위치하며, 시청자의 주의를 유도하고 작품의 리듬을 결정짓는 중요한 역할을 한다. 여기에서는 다양한 트랜지션 기법을 탐구하며, 각 기법의 기술적 구현 방법뿐만 아니라 AI 생성 이미지를 활용한 혁신적인 트랜지션 기법, 전통적인 슬라이드 트랜지션의 현대적 재해석, 그리고 애프터 이펙트의 기본 이펙트를 창의적으로 활용한 트랜지션 등을 학습할 것이다.

AI 이미지로 트랜지션 만들기

AI 이미지를 활용한 트랜지션 제작은 창의적이고 혁신적인 영상 효과를 만들어내는 흥미로운 방법이다. 먼저 미드저니로 소스 이미지를 생성하고, 이를 애프터 이펙트에서 활용해 독특한 장면 전환을 연출해 보자. 미드저니 예시 프롬프트와 결과는 다음과 같다.

prompt rusty prison door, front view, close up --ar 16:9 --v 6.0

미드저니에서 생성된 이미지를 저장한 후, 애프터 이펙트에서 양옆으로 문이 닫히게 모션을 만들어 보자. 이번 작업에서는 마스크를 활용하여 생성된 이미지의 양쪽 문을 한쪽 씩 나눠, 2개의 레이어로 사용해야 한다.

1 애프터 이펙트로 [학습자료]에 있는 [트랜지션] 예제 이미지를 가져온 후, 해당 이미지의 규격과 같은 컴포지션을 생성한다. 컴포지션 생성은 220페이지를 참고한다.

2 ❶[트랜지션] 이미지가 선택된 상태에서 ❷ [사각형 마스크 도구]를 사용하여, 예시처럼 ❸ [문의 좌측 부분에 마스크 영역]을 클릭 & 드래그하여 만들어 준다. 그러면 마스크 영역에만 문의 모습이 표현된다.

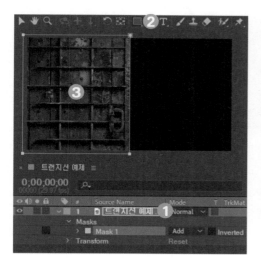

3 마스크가 생성된 트랜지션 레이어를 복제하기 위해 해당 ❶[레이어가 선택]된 상태에서 ❷ [Ctrl] + [D] 키를 누른다.

4 복제된 위쪽 트랜지션 레이어의 마스크 모드를 [Subtract]로 설정하여 기존 마스크 영역을 반전시킨다. 그러면 그림처럼 우측 문의 모습도 나타나게 된다. 지금의 과정은 마스크를 반전(Invertde)하여 표현할 수도 있다.

5 현재의 작업을 트랜지션 소스로 사용하기 위해 작업 길이를 2초로 설정해 보자. **①**[Ctrl] + [K] 키를 눌러 컴포지션 설정 창을 열어주고, Duration을 **②**[2초]로 설정한 후, **③**[OK]한다. 컴포지션 설정은 해당 타임라인이 활성화되어야 사용할 수 있다.

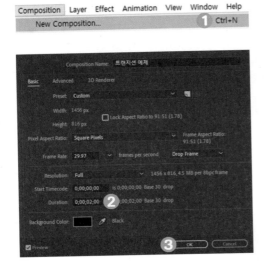

6 문이 닫히는 트랜지션을 만들기 위해 시간 (타임 바)을 **①**[1초]로 설정한 후, Position의 시계 모양의 **②**[스톱워치]를 클릭하여 키프레임을 생성한다. 두 레이어 선택 후, [P] 키를 누르면 포지션이 활성화된다.

7 시간을 **①**[0프레임(초)]으로 이동한 후, 먼저 위쪽 레이어를 **②**[우측으로 이동]하여 문이 열리도록 한다.

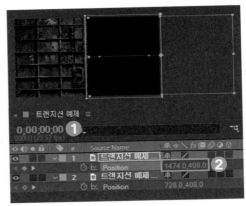

8 계속해서 같은 시간에서 아래쪽 레이어의 위치를 [좌측으로 이동]하여 문이 열리도록 한다.

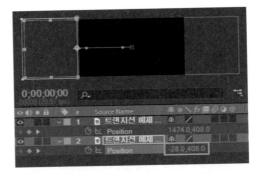

9 작업한 내용은 그림처럼 문이 열린 상태에서 1초 동안 닫히는 애니메이션이다.

[10] 이번엔 1초부터 2초까지 문이 열리는 애니메이션을 만들어 보자. 시간을 ①[2초(1초 29프레임)]로 이동한다. 그다음 ②[두 레이어를 그림처럼 이동]하여 문이 열리도록 한다.

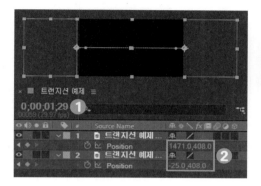

[11] 작업한 내용은 그림처럼 1초부터 2초까지 문이 닫히는 애니메이션이다. 지금의 작업을 영상 파일로 만들거나 해당 작업이 이루어진 컴포지션을 다른 장면 사이에 사용하면 문이 열리면서 장면이 나타나는 장면을 표현할 수 있다.

슬라이드 트랜지션 만들기

슬라이드형 트랜지션은 슬라이드 방향을 가로/세로로 움직여 새로운 장면으로 바뀌게 하는 영상 편집에서 널리 사용되는 효과적인 장면 전환 기법이다. 슬라이드형 트랜지션은 그 단순함과 효과성으로 인해 다양한 영상 제작에서 폭넓게 활용되며, 창의적인 변형을 통해 독특한 시각적 내러티브를 구축하는 데 기여한다.

[1] [학습자료]에서 그림처럼 [1~4] 이미지를 가져와 해당 이미지들의 규격과 동일한 컴포지션을 생성한 후, 순서대로 타임라인에 적용한다. 그다음 각 이미지(레이어)의 위치를 우측으로 이동한다.

2 타임라인 빈 곳에서 ①[우측 마우스 버튼] - ②[New] - ③[Null Object]를 선택하여 널 오브젝트를 생성한다.

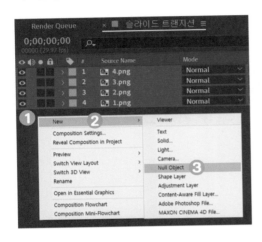

3 4개의 ①[레이어를 모두 선택]한 후, 나선형 모양의 ②[Pick whif] 아이콘을 끌어서 방금 생성한 널 오브젝트에 연결한다. 이것으로 4개의 레이어는 널 오브젝트에 영향을 받게 된다.

픽 위프가 보이지 않는다면?

픽 위프 포함, 타임라인의 기능들이 보이지 않는다면 일단, 타임라인 좌측 하단의 3개의 옵션이 켜져 있는지 확인해야 하며, 레이어 위에서 [우측 마우스 버튼] - [Columns]에서 해당 옵션이 활성화됐는지 확인할 수 있다.

4 이제 슬라이드 모션 작업을 위해 시간(타임바)을 ①[0프레임]으로 설정한다. 그다음 널(Null) 오브젝트(레이어)의 ②[Position에 키프레임을 생성]한다. 시계 모양의 스톱워치를 클릭하면 된다.

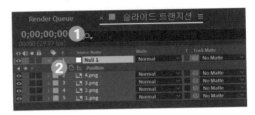

5 시간을 ①[1초]로 이동한다. 그다음 널(Null) 레이어의 위치를 ②[좌측으로 이동]하여 두 번째 이미지가 화면에 정확하게 들어오도록 한다.

6 계속해서 시간을 ①[2초]로 이동한다. 그다음 널(Null) 레이어의 위치를 ②[좌측으로 이동]하여 세 번째 이미지가 화면에 정확하게 들어오도록 한다.

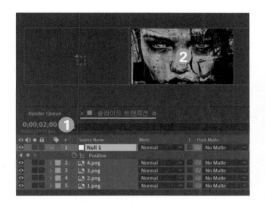

9 다시 시간을 ❶[5초]로 이동한 후, ❷[다섯 번째 이미지]가 화면에 들어오도록 한다.

7 같은 방법으로 시간을 ❶[3초]로 이동한다. 그다음 널(Null) 레이어의 위치를 ❷[좌측으로 이동]하여 네 번째 이미지가 화면에 정확하게 들어오도록 한다.

10 마지막으로 모션에 더욱 속도감을 주기 위해 모든 레이어의 [Motion Blur]를 체크한다.

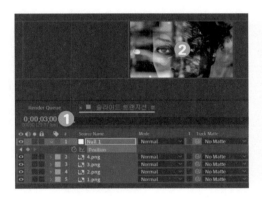

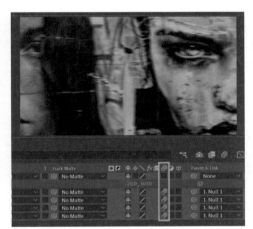

8 이번엔 1초간 멈췄다 다시 움직이게 하기 위해 앞서 추가된 ❶[3초] 지점의 키프레임을 복사(Ctrl+C)한 후 ❷[4초]에서 붙여넣기(Ctrl+V)한다.

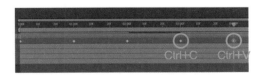

기본 이펙트를 활용한 트랜지션

애프터 이펙트는 영상 편집과 시각 효과 제작을 위한 강력한 도구로, 다양한 기본 트랜지션 이펙트를 제공한다. 이러한 기본 이펙트들은 전문적인 영상 제작의 기초가 되며, 적절히 활용하면 복잡한 커스텀 트랜지션 못지않은 효과적인 장면 전환을 만들어낼 수 있다. 이번에는 애프터 이펙트에서 가장 많이 사용되고, 활용도가 높은 몇 가지 기본 트랜지션 이펙트를 활용한 트랜지션에 대해 알아보자.

1 학습을 위해 위쪽에 하얀색 솔리드 레이어, 아래쪽에 검정색 솔리드 레이어가 만들어진 상태이다. 이제 위쪽 하얀색 레이어에 트랜지션 효과를 적용해 보자.

2 애프터 이펙트에서 트랜지션 효과를 어떻게 사용하는지 살펴보기 위해 ❶[위쪽 레이어를 선택]한 상태에서 ❷[Radial Wipe] 효과를 ❸[더블 클릭]하여 적용한다.

3 적용한 효과에 모션 작업을 하기 위해 이번에는 레이어에 있는 이펙트 설정을 활용해 본다.

시간을 ❶[0프레임]으로 이동한 후 방금 적용한 Radial Wipe 효과의 Transition Completion에 대한 ❷[스톱와치]를 켜서 키프레임을 생성한다.

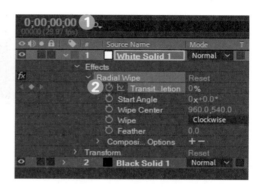

4 시간을 ❶[1초]로 이동한 후, Transition Completion 값을 ❷[100]으로 설정한다.

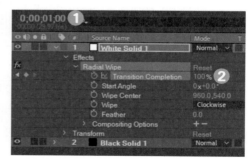

5 확인해 보면 0프레임부터 1초까지 다음과 같이 Radial Wipe 효과로 인한 시간이 흐르는 듯

한 느낌의 장면 전환 효과가 표현된다. 이처럼 애프터 이펙트의 트랜지션 효과는 키프레임을 통해 가능하다.

6 계속해서 이번에는 [CC Light Wipe] 트랜지션 효과를 적용하여 모션을 만들어 보자. 그림과 같이 원형의 크기가 변하면서 장면 전환이 된다.

7 이번에는 [Venetian Blinds] 트랜지션 효과를 적용하여 모션을 만들어 보자. 그림과 같이 블라인드가 열리듯 장면 전환이 된다.

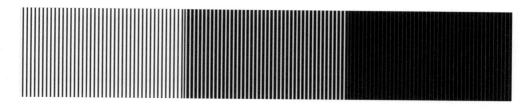

살펴본 것처럼 애프터 이펙트의 트랜지션 효과를 통해 기본적인 트랜지션을 표현할 수 있다. 그밖에 살펴보지 않은 효과들도 유사한 방법으로 적용하고 활용할 수 있다. 이러한 기본 트랜지션 효과들은 단순히 장면 전환을 위한 도구를 넘어, 창의적인 영상 표현의 핵심 요소로 작용하기 때문에 더욱 세련되고 효과적인 영상 제작에 도움이 된다.

05-5 텍스트 애니메이션 효과

텍스트 애니메이션은 정적인 글자에 동적인 움직임을 부여하여 시청자의 주의를 끌고 메시지를 효과적으로 전달하는 강력한 시각적 도구로, 애프터 이펙트의 다양한 기능을 활용하여 텍스트의 크기, 위치, 투명도, 색상 등을 시간에 따라 변화시킴으로써 단순한 정보 전달을 넘어 감정과 분위기를 전달하고, 브랜드 아이덴티티를 강화하며, 내러티브의 흐름을 보조하는 등 영상 제작에서 핵심적인 역할을 수행한다. 텍스트 애니메이션 효과를 다루는 이번 학습에서는 다양한 무료 폰트 옵션을 탐색하고, 기본적인 텍스트 애니메이션 제작 방법부터 전문가들이 사용하는 고급 기법까지 살펴봄으로써, 영상에 생동감 있고 효과적인 텍스트 요소를 통합할 수 있는 능력을 개발하는 데 도움을 줄 것이다.

무료 글꼴 살펴보기

다양한 글꼴 중 구글 오픈 폰트는 상업적 사용이 가능한 고품질 폰트들을 제공하며, 한글 폰트 중 Black Han Sans는 강렬한 주제 표현에, East Sea Dokdo는 과거를 회상하는 듯한 분위기 연출에 적합하고, 영문 폰트에서는 Montserrat가 범용성 높은 일반적 상황에, Playfair Display는 패션이나 여성적 이미지에, Satisfy는 클래식한 느낌을 표현할 때 효과적으로 사용될 수 있어, 이러한 다양한 폰트들을 프로젝트의 성격과 목표에 맞게 선택하여 텍스트 애니메이션의 효과를 극대화할 수 있다. 해당 글꼴들은 학습자료를 통해 활용할 수 있다.

기본 텍스트 애니메이션 만들기

애프터 이펙트에서 기본 텍스트 애니메이션을 만들기 위해 'Noto Sans' 글꼴을 두껍게 설정하고, 새 컴포지션에 텍스트를 입력한 후, 위치, 크기, 색상 등의 속성에 키프레임을 추가하여 시간에 따른 변화를 주고, 구간별 속도를 기능을 적용해 부드러운 움직임을 만들며, 필요에 따라 발광 효과나 그림자 등을 추가하여 시각적 깊이를 더함으로써, 메시지를 효과적으로 전달하고 영상의 전체적인 톤과 리듬에 맞는 애니메이션을 제작할 수 있다.

1 기본 [1920x1080] 크기의 컴포지션으로 설정한 후, 예시와 같이 ❶[글자 입력 도구]을 선택한다. 그다음 글꼴 타입을 ❷[Noto Sans]로 선택하고, ❸[볼드] 형태로 두껍게 설정해 주자.

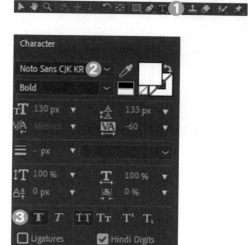

2 ❶[글자 입력 도구]가 선택된 상태에서 예시처럼 ❷[타이포 모션]이란 글자를 입력하자. 사용자는 다른 글자를 입력해도 무관한다.

3 **투명도 애니메이션** 텍스트 레이어에서 ❶ [Text] – ❷[Animate] 메뉴에 있는 ❸[Opacity]를 적용한다.

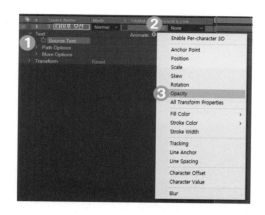

4 시간을 [0프레임]으로 이동한 후, 텍스트의 Animator 1에서 Range Selector 1에 있는 Start 값을 ❶[0]으로 설정한다. 그다음 ❷[스톱워

치]를 켜주고, Opacity 값을 ❸[0]으로 설정하여 애니메이션의 시작에서는 글자가 보이지 않도록 해준다.

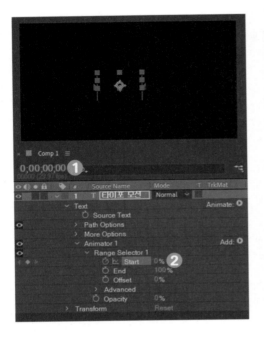

모션이 완성된 것을 알 수 있다.

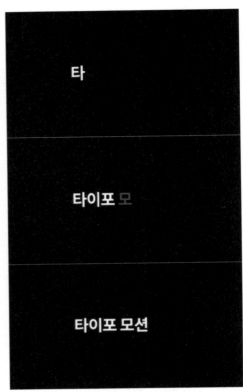

5 시간을 ❶[1초] 정도로 이동한 후, Start 값을 ❷[100]으로 설정하여 글자가 나타나도록 한다.

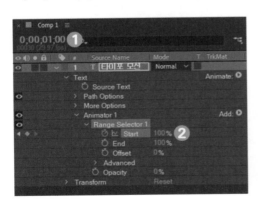

6 살펴보면 투명도에 의해 차례대로 나타나는

7 위치 애니메이션 이번엔 현재의 애니메이션에 위치에 대한 애니메이션 작업을 추가하기 위해 Aminator 1의 ❶[Add]에서 ❷[Property] − ❸ [Position]을 적용한다.

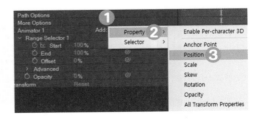

8 추가된 포지션 값은 Y축만 [300] 정도로 설

정한다. 그러면 그림처럼 글자들이 아래로 내려간 것을 알 수 있다.

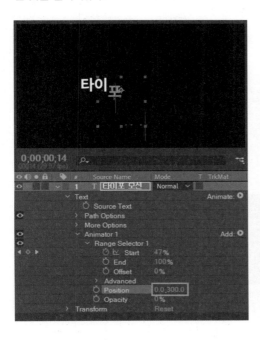

9 지금의 작업을 확인해 보면 위치 변경에 의해 더욱 다이내믹한 텍스트 애니메이션이 표현된 것을 알 수 있다. 애프터 이펙트에서는 이러한 방법으로 텍스트 애니메이션을 표현할 수 있다.

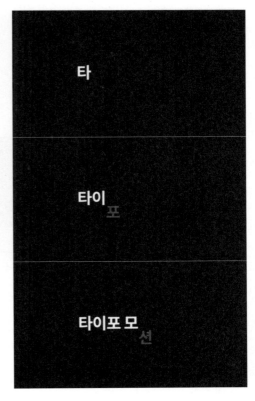

전문가 스킬

전문가 수준의 타이포 모션 제작은 철저한 계획과 세밀한 실행에 기반하며, 이는 메시지와 스타일, 텍스트 전달 순서를 명확히 설정하는 것에서 시작하여, 애니메이션의 속도 곡선을 정교하게 조절함으로써 텍스트 움직임에 부드러운 시작과 멈춤, 강조를 위한 가속 등 다양한 다이내믹을 부여하는 과정을 포함하며, 이를 통해 시청자의 주의를 효과적으로 끌고 메시지를 강력하게 전달하는 고품질의 타이포그래피 애니메이션을 구현할 수 있다. 이제 앞서 살펴본 기본 텍스트 애니메이션 제작법을 기초로 하여 전문가 수준의 스킬로 표현해 보자.

1 [학습자료]에서 [전문가 스킬] 애프터 이펙트 프로젝트 파일을 열어보면, 다음과 같이 폰트스타일은 [Noto Serif KR]로 적용하였고, 한 글자씩 쪼개어 배치하였다. 또한, 문장에서 포인트가 되는 단어를 두껍게 적용했고, 그 다음으로 강조되는 것들은 약간 두껍게 적용하여 전체적으로 가독성이 있고, 시각적으로 재미있게 보이기 위해 배치를 살짝만 변화를 주었다.

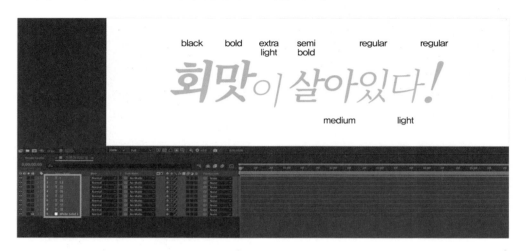

2 ❶[Pan Behind: 앵커 포인트 도구]를 선택한 후, 예시처럼 [회] 글자의 ❷[중심점을 위쪽]으로 이동하자. 마치 물고기가 꼬리를 털면서 위로 향하여 땅에 떨어지는 모션을 만들 것이다. 같은 방법으로 ❸[나머지 글자들도 예시]와 같이 이동해 준다.

❸

3 먼저 첫 번째 글자인 [회]에 대한 애니메이션 작업을 위해 시간을 ❶[1초 20프레임]에서 포지션의 ❷[스톱워치]를 켜서 키프레임을 생성한다. 그다음 ❸[0프레임]에서 예시 그림처럼 글자 레이어를 좌측 하단으로 이동하여 화면에서 보이지 않게 한다.

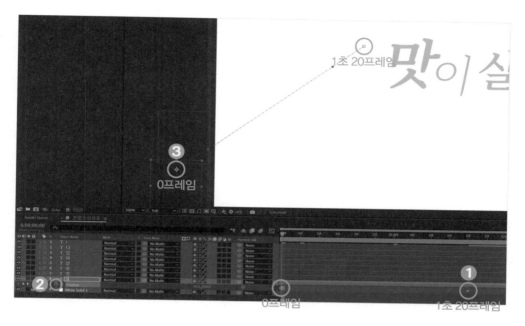

4 이어서 시간을 ❶[10프레임]으로 이동한 후, 예시 그림처럼 ❷[글자(회)]를 위로 조금 올려준다.

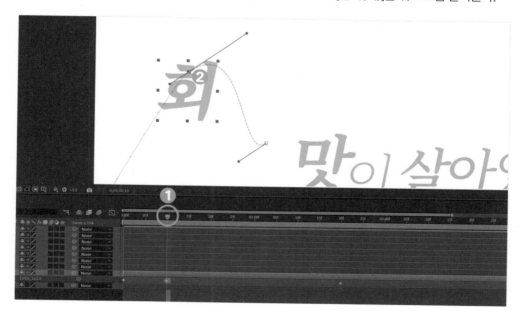

5 시간을 ❶[1초]로 이동한 후, ❷[글자]를 조금만 더 위로 올려보자. 글자가 아래에서 위로 조금 더 위쪽에 머무르는 듯한 모션을 주기 위해서이다.

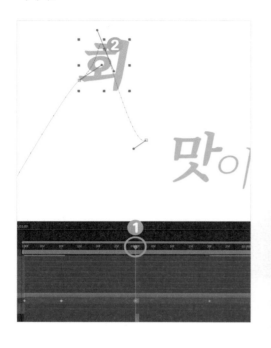

6 ❶[1초 20프레임]에 있는 키프레임을 복사(Ctrl+C)한다. 그다음 시간을 ❷[1초 10프레임]으로 이동한 후, ❸[붙여넣기(Ctrl+V)]하여 해당 시간에 키프레임을 추가한다.

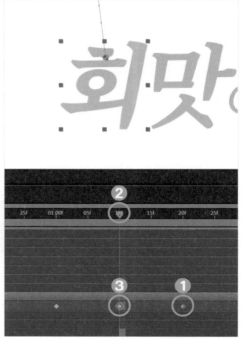

QUICK TIPS!

모션 패스 설정하기

모션 경로(패스)가 엉켜있을 때, 패스 양옆으로 뻗어 나온 핸들을 잡고 당겨주거나 늘려주면 쉽게 엉켜있는 패스를 부드러운 곡선으로 만들어 줄 수 있다.

7 현재 시간에서 ❶[회] 글자를 아래로 조금 이동한 후, 패스가 나타나면 ❷[핸들]을 그림처럼 조절하여 자연스러운 움직임을 만들어 준다.

8 이제 [회] 글자의 모션을 전체적으로 자연스럽게 해주기 위해 ❶[키프레임 전체를 선택]한 후, ❷ [F9] 키를 누른다. 그러면 그림처럼 키프레임 모양이 Easy Ease 상태로 바뀐다. 이지 이즈는 움직임의 텐션을 줄 때, 즉 역동적인 움직임을 줄 때 활용된다.

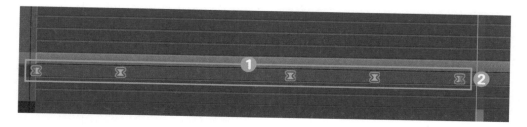

9 ❶[2~3번 키프레임]을 선택한 후, ❷[Ctrl] 키를 누른 상태로 [클릭]해 보자. 그러면 두 키프레임의 모양이 원형으로 바뀐다. 이 모양의 키프레임은 두 키프레임 사이의 움직임이 끊기지 않게 해준다. 이것으로 움직임이 전체적으로(아래에서 튀어나오는 글자) 끊기지 않고 부드럽게 조금씩 올라가며 아래로 내려가도록 하였다.

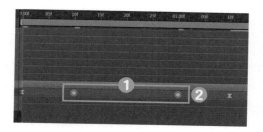

10 그래프 에디터 활용 모션의 세부 설정을 위해 [Shift] + [F3] 키 또는 타임라인 상단의 [Graph Editor] 버튼을 클릭한다.

11 그래프 형태의 설정 패널이 열리면, 그림처럼 [그래프 패스들의 핸들을 조정하여 키프레임 간의 속도]를 설정한다. 그래프 에디터는 각 키프레임간의 속도에 대한 세부 설정을 할 수 있다. 설정이 끝나면 다시 타임라인 모드로 전환한다.

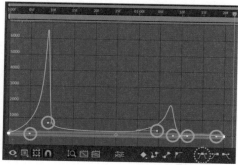

Easy Ease

12 타임라인 모드에서 시간을 [1초]로 이동한 후, 이번엔 회전(Rotation)의 [스톱워치]를 클릭하여 키프레임을 생성한다.

13 ①[앞서 생성한 키프임]을 복사(Ctrl+C)한 후, 그림처럼 ②[5프레임] 간격으로 붙여넣기(Ctrl+V)해 보자.

14 [회] 글자가 회전하면서 등장하도록 각 키프레임의 [회전(Rotation)] 값을 설정해 보자. 수치는 자신이 원하는 만큼 설정하면 된다.

15 회전하는 글자의 모션을 전체적으로 자연스럽게 해주기 위해 ①[키프레임 전체를 선택]한 후, ②[F9] 키를 누른다. 그러면 그림처럼 키프레임 모양이 Easy Ease 상태로 바뀐다. 이것으로 [회] 글자에 대한 모션 작업이 끝났다. 여기까지는 모션 가이드를 잡은 레벨이고, 이펙트에서 리퀴파이 이펙트, 외부 플러그인 이펙트들을 섞어 가면서 해야 비소로 완성에 가깝게 만들 수 있다.

16 이제 나머지 '맛이 살아있다' 글자는 보다 캐주얼 하게 만들어 보자. ①[맛]~[!]까지의 글자를 모두 선택한 후, 시간을 ②[1초 10프레임]으로 이동한다. 그다음 크기(Scale)의 ③[스톱워치]를 클릭하여 키프레임을 생성한다.

17 ①[초 10프레임]에 생성된 키프레임을 복사하여 그림처럼 ②[5프레임 간격으로 2초]까지 붙여넣기한다. 다섯 프레임을 연속적으로 복사해서 붙여넣기를 하는 이유는 나중에 수치가 잘못 입력되었을 때, 그 부분만 수정하거나 편집하기에 용이하도록 하기 위함이다.

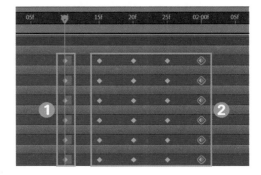

18 이제 [각 키프레임의 크기] 값을 설정하여 크고 작고를 반복하여 귀여운 느낌의 모션을 만들어 보자. 첫 번째 키프레임 값은 [0]으로 설정한다.

[회] 글자가 등장하고 착지했을 때 나머지 글자가 동작하는 하기 위함이다. 그러므로 나머지 글자의 크기는 00이어야 한다. 다음 프레임부터는 각각 120, 90, 110, 100 마지막 프레임에는 정상적인 크기로 나타나게 하기 위해 [100]이 되도록 설정한다. 설정이 끝나면 [F9] 키를 눌러 Easy Ease 모드로 전환한다.

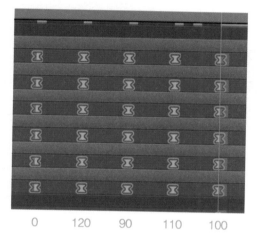

19 시간차에 대한 설정을 하기 위해, 글자들의 키프레임 간격을 [2~4 프레임] 간격으로 차이를 주자. 키프레임 전체를 잡고 이동하면 된다. 마지막 글자는 [4~6프레임] 간격으로 좀 더 벌려주면 전체적인 움직임이 더 재밌어진다.

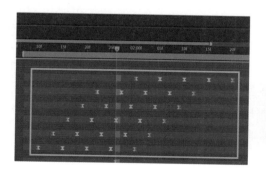

20 지금까지의 결과는 아래 그림과 같다. 제법 자연스러운 모션이 표현되는 것을 알 수 있다.

21 이어서 시간을 ❶[3초]로 이동한 후, 앵커 포인트가 하단으로 되어있는 [느낌표]는 우측에서 좌측으로 붙으면서 받았던 관성의 영향으로 좌우로 휘청거리는 모션을 만들어 보기로 하자. ❷ [Position]과 [Rotation]에 키프레임을 생성한다.

22 시간을 [2초 10프레임]으로 이동한 후, 그림처럼 위치(Position)를 오른쪽 화면 밖으로 옮겨준다. 그리고 회전(Rotation) 값을 설정하여 살짝 기울도록 하자.

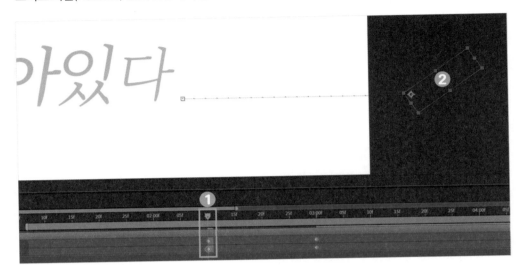

23 방금 추가된 키프레임을 선택한 후, [F9] 키 눌러 Easy Ease 모드로 전환한다. 그다음 [Shift] + [F3] 키를 눌러 그래프 에디터 모드로 전환한 후, 그림처럼 그래프를 설정하여 느낌표가 처음부터 가속이 붙다가 속도가 점점 줄어드는 곡선을 만들어 준다.

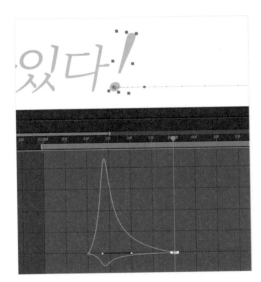

전문적인 고급 타이포그래픽 애니메이션은 정보를 전달하는 데 중요한 역할을 하기 때문에 특별한 주의를 기울여야 한다. 애프터 이펙트의 다양한 도구와 기능을 활용하면 멋진 타이포 모션을 제작할 수 있다. 이러한 접근 방식은 독특한 텍스트 표현을 통해, 연관시켜 흥미로운 내용을 전달하는 동적인 타이포그래피를 만들 수 있다.

05-6 생동감과 감성을 위한 모션 효과

움직임은 표현에 생명력을 불어넣는 핵심 요소이다. 정적인 이미지나 AI로 생성된 로고에 움직임을 더하면 더욱 역동적이고 주목을 끌 수 있다. 이번 학습에서는 특히, 이미지에 반응하는 요소를 추가하여 감정을 자극하고 메시지를 효과적으로 전달하는 방법에 중점을 둔다. 단순한 기술적 테크닉을 넘어, 움직임이 주는 감정적 효과와 존재감을 이해하고, 이를 적절히 활용하는 능력을 키우는 것이 이번 학습의 목표이다.

캐릭터의 움직임 표현하기

먼저 이번 학습에 사용할 인물(캐릭터)는 미드저니로 생성해 보자. 예시의 프롬프트는 [run, jump, men]으로, 사진 찍을 때나 이미지를 디자인할 때의 동작이 큼직한 자세가 역동적이고 더 멋져 보이기 때문에, 프롬프트에 [dynamic, jump, run, exciting]을 함께 붙이는 것을 권장한다. 그 결과로 다음과 같은 이미지가 생성 되었으며, 학습자료에 [달리는 사람]이라는 이름으로 저장해 주었다. 이제 이 이미지를 포토샵으로 통해 인물만 따로 레이어를 나누고, 배경을 채워 보기로 하자.

1 포토샵으로 미드저니에서 생성한 이미지를 가져온 후, ❶[오브젝트 선택 도구]를 사용하여 ❷[인물을 클릭]해 보자. 그러면 클릭한 인물 부분만 선택된다.

2 선택된 상태에서 ①[복사(Ctrl+C)], ②[붙여넣기(Ctrl+V)]하여 인물 레이어를 생성한다. ③ [생성된 레이어는 일단 숨겨놓고], 아래쪽 ④[원본 이미지를 다시 선택]한 후, 이번엔 배경만 남도록 해보자.

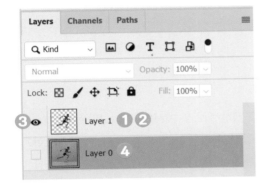

3 ①[사각형 선택 도구]를 사용하여 그림처럼 ②[인물 부분]만 선택한다.

4 ①[Generative Fill]을 클릭한 후, 프롬프트 입력 없이 ②[Generate]를 클릭하여 이미지를 생성한다.

5 배경으로 채워진 새로운 이미지(레이어)가 생성된 것을 알 수가 있다. 이제 레이어들을 정리해 보자.

6 새로 생성된 레이어와 아래 배경을 병합하기 위해 ②[두 레이어]를 선택한 후, ①[우측 마우스 버튼] - ③[Merge Layers]를 선택하여 선택된 두 레이어를 병합한다. 작업이 끝나면 [Ctrl] + [S] 키를 눌러 [PSD] 파일로 저장해 준다.

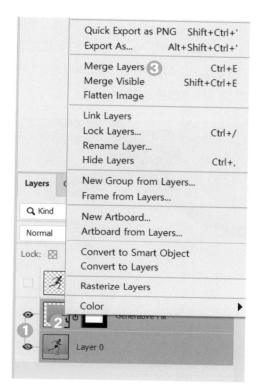

9 시간을 **1**[1초]로 이동한 후, 퍼핏 핀이 적용된 레이어의 퍼핏 핀들을 **2**[하나씩 선택]한 후, **3**[이동]하여 모션을 만들어 준다.

7 이제 애프터 이펙트로 포토샵에서 작업한 [PDF] 파일을 가져와 해당 파일의 규격과 동일한 컴포지션을 생성(220페이지 참고)한다. 그다음 관절 애니메이션을 위해 **1**[위쪽 레이어]를 선택한다. 이때 시간은 **2**[0프레임]으로 설정한다.

8 상단 도구 바에서 **1**[버핏 핀 도구]를 선택한 후, 예시 그림처럼 뛰는 모습의 인체 중 각 **2**[관절 부위를 클릭]하여 퍼핏 핀을 생성해 준다. 그림에서 노랑색 포인트 지점을 참고한다.

10 살펴본 것처럼 퍼핏 핀은 관절을 만들어 모션을 만드는 기능이다. 이번엔 캐릭터 전체에 모션을 주기 위해 시간을 ❶[0프레임]으로 이동한 후, 작업 중인 레이어의 ❷[위치(Position)에 키프레임]을 생성해 준다. 그다음 ❸[1초]로 이동한 후, 인물을 ❹[대각선 방향으로 이동]시키면, 팔다리가 움직이면서 몸이 전체적으로 앞쪽으로 이동한다. 이와 같은 방법으로 뛰는 장면을 연출할 수 있다.

다음의 그림은 방금 작업한 모션에 대한 움직이는 범위를 확인하고자 처음과 끝을 겹쳐놓은 모습이다. 물론 지금과 같은 방법으로 움직임을 과하게 적용하면 어색하게 느껴진다. 그러므로 과하지 않으면서 이런 찰나의 순간처럼 묘사되는 것으로 모션을 적용한다면 더 멋진 영상을 연출할 수 있다.

그러나 동작이 이보다 크고, 사실적인 움직임을 연출하려면 포토샵에서 관절들을 분리하고, 티 나지 않게 메꾸어 주는 작업이 필요하다. 이런 작업은 예전엔 직접 그려서 빈자리를 채웠지만, 최근의 포토샵 AI 기능 덕분에 훨씬 쉽게 원하는 작업을 할 수 있다. 포토샵에서 관절들을 분리한 이미지는 아래와 같다.

위와 같은 이미지가 만들어졌다면 보다 더 정교한 모션 작업을 할 수 있다. 이를테면 발목, 손목, 목, 머리카락, 손가락을 분리하여 사용하면, 애프터 이펙트에서 사실적인 움직임을 표현할 수가 있다는 것이다. 이 분리된 이미지들을 사용하여 애프터 이펙트에서 어떻게 작업이 정교해질 수 있는지 방법을 알아보자. 관절이 분리된 파일은 학습자료에서 사용할 수 있다.

1 애프터 이펙트에서 [관절이 분리된 PSD] 파일을 가져와 [컴포지션을 생성]한 후, 관절을 하나씩 선택하면서 [앵커 포인트(중심축)]를 옮겨보자. 먼저 ❶[foot] 레어를 선택한 후, 도구 바에서 ❷[앵커 포인트 도구] 메뉴를 사용하여 그림처럼 ❸[다리가 움직이는 축] 부분으로 이동한다.

2 나머지 부위도 움직임의 중심축이 되는 부분(관절)에 앵커 포인트를 맞춰 놓자. 계속해서 **1**[다리 레이어]가 선택된 상태에서 **2**[퍼핏 핀 도구]를 사용하여 그림처럼 **3**[관절 부분]에 퍼핏 핀을 생성해 준다.

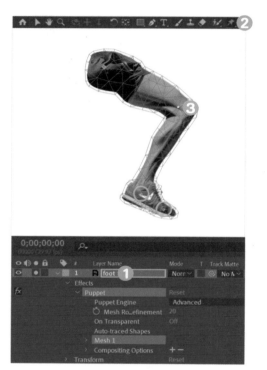

3 같은 방법으로 팔에도 앵커 포인트와 퍼핏 핀을 관절에 생성한다.

4 나머지 반대편 팔다리에도 앵커 포인트와 퍼핏 핀 설정을 한 후, 모션 작업을 위한 [첫 번째 레이어(팔)]를 선택해 보자. 그다음 [Rotation(회전)] 값을 설정하여 [0프레임에서 1초] 동안 회전되는 모션을 만들어 본다. 회전 방향은 자신이 원하는 방향으로 설정하면 된다.

5 이처럼 회전축과 퍼핏 핀 툴을 함께 활용하면 움직임이 더 커지고, 자연스럽게 표현할 수 있다. 아래 이미지는 전체적인 움직임에 대한 폭을 확인하기 위해, 처음 자세와 마지막 자세를 겹쳐놓은 모습이다. 이것은 퍼핏 툴만 사용했을 때와 확연히 다르게 움직임을 더 자연스럽게 컨트롤 할 수 있다.

로고 애니메이션 만들기

AI 기술을 활용하여 효율적으로 로고를 생성하고 애니메이션화하는 과정은, 미드저니와 같은 생성형 AI에서 적당한 프롬프트를 작성하여 로고(심볼)을 생성한 후, 선택된 디자인을 일러스트레이터와 애프터 이펙트에서 개별 요소로 분리하고 페이드인, 스케일, 회전 등의 애니메이션을 적용하며, 셰이프 레이어, 파티클 시스템, 표현식 등의 고급 기법을 활용하여 동적이고 전문적인 로고 애니메이션을 만들어 주는 것이다. 살펴보기 위해 먼저 미드저니에서 [tree, logo design, green] 프롬프트를 작성하여 다음과 같은 로고를 생성해 보자.

1 미드저니에서 생성된 이미지는 객체들을 레이어 별로 나눠야 하나씩 움직임을 컨트롤 할 수 있다. 먼저 일러스트레이터로 생성된 이미지를 가져온 후, 상단 ❶[Image Trace] 메뉴에서 ❷ [6color]를 선택한다. 이 기능은 선택한 이미지를 일러스트 형식으로 변환해 준다.

2 이어서 상단의 [Expand] 버튼을 클릭하면 일러스트화로 전환된다.

3 ❶[선택 도구]를 사용하여 겹쳐 있는 ❷[요소(로고)]들을 선택해 보자. 그다음 상단의 ❸[Window] - ❹[Pathfinder] 메뉴를 선택하여 활성화한다.

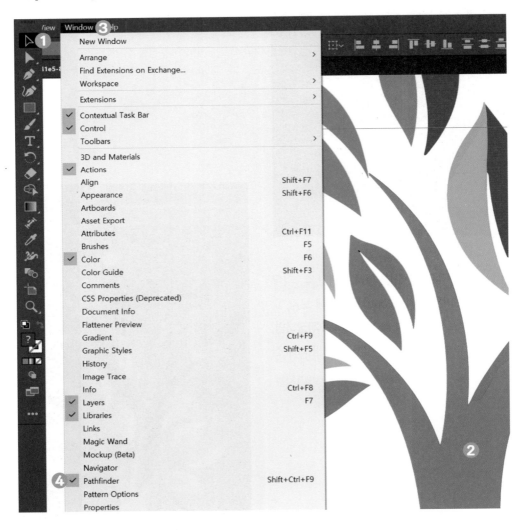

4 패스파인더는 겹쳐 있는 이미지를 합쳐주는 기능으로, 첫 번째 [Unite(합치기)] 버튼을 클릭하면 하나의 형태로 합쳐진다.

이미지를 제자리에서 수정하기

요소를 분리하거나 자를 때 다음의 방법을 참고하면 보다 쉽고, 간편하게 수정할 수 있다.

대상 더블클릭   Ctrl + X 누른 후 ESC   Ctrl + F

5 ❶[오브젝트(객체)]를 하나 선택한 후, ❷[우측 마우스 버튼] – ❸[Group]을 선택해 보자. 요소(오브젝트)들을 각각 레이어로 나눠 저장하면, 애프터 이펙트에서 모션 작업이 매우 편리해 진다.

6 레이어 패널 하단에서 **❶**[레이어 추가] 버튼을 클릭한 후, 빨간색 포인트(작은 사각형)를 끌어 **❷**[방금 추가 한 빈 레이어] 위로 갖다 놓는다.

7 이와 같은 방법으로 나뭇잎(객체)을 패스파인더로 합쳐준 후, 각 레이어 별로 나눠보자. 그러면 아래와 같은 레이어 형태가 된다.

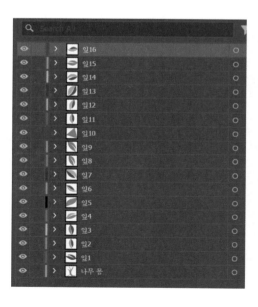

8 **나무 몸통이 자라는 모션** 일러스트레이터에서 작업한 내용을 **❶**[저장(ai)]하고, 애프터 이펙트로 **❷**[레이어 크기]에 맞게 **❸**[가져]온다.

9 아무 것도 선택되지 않은 상태에서 **❶**[펜 도구]를 사용하여 예시의 그림처럼 로고 모양에 맞게 **❷❸**선(화살표 방향 참고)을 그려보자. 나무가 자라는 것을 생각하며, 아래부터 위로 그려주어야 한다. 선의 두께는 나무 몸통을 가릴 정도가 좋기 때문에 너무 얇다면, 상단에 있는 스트로크(Stroke) 값을 설정하여 조정할 수 있다.

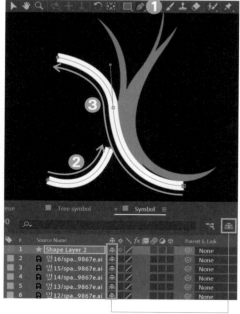

효율적인 작업을 위해 샤이(Shy)를 적절하게 활용

10 나머지 나무 모양에 대해서도 모양에 맞게 선을 그려준다. 모션을 제작할 때에 가장 먼저 생각해야 할 것은, 모션을 어떻게 구현할 것인지 사전에 설계를 해 놓는 것이다.

11 작업의 편의를 위해 쉐이프 레이어를 맨 아래쪽으로 내려준다. 트랙 매트로 사용하기 위해서이다.

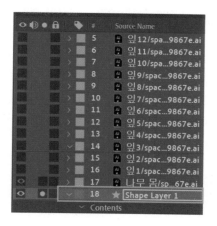

12 쉐이프 레이어의 Contents 우측에 있는 ❷ [Add]를 클릭한 후, ❶[Trim Paths]를 적용한다. 트림 패스는 선이 그려주는 장면을 표현해 준다.

13 방금 적용된 [트림 패스 1]의 [End를 0부터 100까지 키프레임]을 적용해 보자. 그러면 선이 그려지는 애니메이션이 표현된다. 이제 이 선을 트랙 매트로 사용하면, 선이 나무와 합성되어 선의 모션에 맞게 나무가 성장하는 장면이 연출된다.

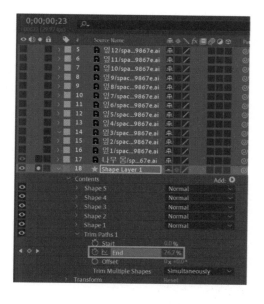

14 이제 쉐이프 레이어를 위쪽 [나무]의 트랙 매트로 사용하기 위해 Track Matte를 아래쪽 [쉐이프 레이어]로 지정한다.

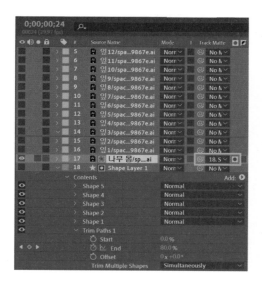

15 그러면 다음과 같이 나무가 자라는 모습이 표현된다. 쉐이프 레이어에 그려놓은 하얀색 선에 의해 합성되는 것이다.

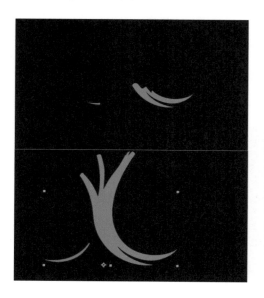

16 이번엔 각각의 잎사귀가 나무 중앙에서 방사형으로 퍼지도록 할 것이다. 따라서, 예시 그림처럼 각각의 잎사귀의 ❶[앵커 포인트]를 ❷[나무 몸통] 부근으로 이동해 보자. 나머지 잎들도 앵커 포인트를 나무 쪽으로 갖다 놓는다.

17 이제 잎사귀들의 자라나는 모션을 만들어 보자. 먼저 맨 아래쪽 [잎 1] 레이어의 크기(Scale)의 키프레임을 활용하여 [0~15프레임] 사이에서 애니메이션을 만들어 준다.

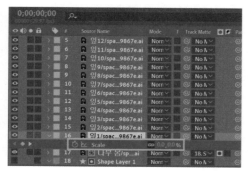

18 같은 방법으로 나머지 잎사귀들도 애니메이션을 만들어 준다. 그다음 나무가 거의 다 성장했을 무렵, 잎사귀들이 자라기 시작하도록 하기 위해 그림처럼 잎사귀들을 뒤쪽으로 이동하여 타이밍을 늦춰 준다. 좀 더 자연스러운 모션을 표현하기 위해서는 잎사귀들의 간격도 각자 다르게 해 주는 것이다.

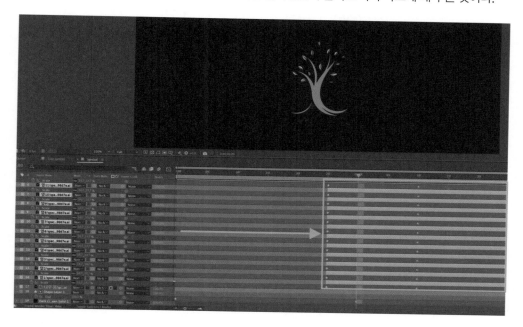

19 마지막으로 로고에 맞는 텍스트(네이밍)를 넣어 마무리해 보자. 이때, 나무가 위로 뻗어 있고, 세로 크기가 더 크다는 특징이 있으므로, 글꼴은 세로가 긴 스타일로 사용하면 로고와 하나의 세트처럼 더 조화로운 로고 애니메이션을 표현할 수 있다.

필자는 모션 그래픽 디자이너이자 감독으로, 수년간 다양한 장르와 작품들을 제작해 왔으며, 주로 오프닝 타이틀, 게임 시네마틱 영상, 기업 프로모션 영상 등을 포함한 그래픽 디자인 업무를 담당하고 있다. 몇 년 전만 해도, AI 기술이 영상 제작 분야에서는 큰 영향을 미치지 못할 것이라고 생각했었는데, 그 이유는 인간의 고유한 감성은 결국 인간의 손끝에서 발현된다고 결론을 내렸기 때문이다. 하지만 지금은 업계 종사자들 사이에서 AI의 영향을 두고 위협으로 느끼는 이들과 적극적으로 활용하려는 이들로 의견이 나뉘고 있다.

이 주제에 대한 고민이 많아지는 상황에서, 필자는 AI를 어떻게 대응할지에 대한 방안을 제안하고자 한다.

첫째, 아직 모든 작업을 AI로만 완성하는 것은 어렵다. 프리 비주얼 단계에서 AI를 적극적으로 활용하는 것이 좋다. 예를 들어, 영상 디자인에서 꽃잎의 수, 색상, 원근감을 표현하려면 많은 과정을 거쳐야 한다. 현재는 클라이언트가 세부적인 수정을 요청하면 대부분의 수정이 가능하지만, AI만으로는 아직 세부적인 발전이 어렵다. 그러나 키 비주얼 단계(세계관 형성)에서는 AI의 도움이 크다. 기존 레퍼런스 사이트에서는 저작권 문제로 이미지를 참고만 할 수 있었지만, 이제 생성형 이미지를 통해 실제 사용이 가능하다. 전문가들은 생성 이미지를 통해 머릿속에서 산발되었던 아이디어를 정리하고, 절반 이상의 작업을 이미 완료한 상태로 간주할 수 있다.

둘째, 업무에 AI를 접목할 방법을 늘 고민해보아야 한다. 생성형 이미지 AI 프로그램인 미드저니를 통해 충분히 소스를 생성하여 활용할 수 있다. 기존에는 스톡 이미지를 구매하여 사용했다면, 이제는 프롬프트를 입력하여 생성한 이미지를 프로젝트에 활용할 수 있다. 필자의 경우, 텍스처와 하늘 이미지를 생성하는 데 큰 도움을 받았고, 비용 절감도 실감하였다.

셋째, AI 업계의 이슈에 귀를 기울이고 발맞춰 나아가야 한다. OpenAI의 Sora 발표를 예로 들면, 프롬프트를 상세하게 입력할수록 더욱 사실적인 영상이 생성된다. AI는 점진적으로 발전하는 것이 아니라, 때로는 급격한 발전을 보여준다. 이를 위협으로만 받아들일 것이 아니라, 어떻게 활용할지를 고민해야 하며, AI 관련 뉴스를 지속적으로 접하고 대응 방안을 모색해야 한다. AI는 업무와 관련된 공부를 효과적으로 수행하게 해 줄 동반자가 될 것이다.

마지막으로, AI 도구를 매일 활용하여 생활화하는 것이 중요하다. 생성형 이미지 외에도 챗GPT를 통해 브랜드 및 제품을 이해하고 시각화 아이디어를 도출해 보거나, Speech AI로 자신의 목소리를 닮은

성우 녹음을 시도해 볼 수 있다. 이렇게 다양한 방법을 익히다 보면 새로운 AI 툴이 나와도 빠르게 적응할 수 있다.

산업혁명 이후, 1811년에는 기술의 발전이 사회에 부정적인 영향을 미칠 수 있다는 우려로 러다이트 (Luddite) 운동이 일어났지만, 결국에는 기술 발전을 받아들였다. 현재 AI도 마찬가지로 우리의 삶에 깊은 영향을 미칠 것이며, 새로운 일자리를 창출하고 생산성을 향상시켜 사회 전반에 혁신을 가져올 것이라 확신한다. 즉, 이것은 이 시대의 빅 찬스라고 볼 수 있는 것이다.

김세원 저자

제45회 서울연극제 자유경연작

은의 밤

제45회
서울연극제 자유경연작 [대상] 作

2025년 5월에 다시 만나요~

김천욱 김민주
김병규 김신실
김정팔 민경록
서동현 오지연
이유진 이은정
전미주 장필상
최규선 황의형

극작 백미
연출 박문

협력 박경
기획 조수
무대 김한
조명 박혜
음악 한수
의상 박정
소품 황지
사진 윤태
홍보 전자
그래픽 디토
조연출 강준

주최 서울연극협회 | 주관 서울연극제 집행위원회 | 후원 서울특별시 YES24 플레이티켓